Christian Springer

Bitte sagen Sie die KLIMAKATASTROPHE morgen ab! Ich habe wichtige Termine.

Noch 24 Stunden.

cs.wort

Originalausgabe 1. Auflage

Herausgeber: Chr. Springer
Redaktion / Lektorat: Elias Stricker, Sonja Schmuck,
Sina Schweikle
Foto: Sina Schweikle
Gestaltung: Meike Sellier, Eching

Druck: Kriechbaumer Druck GmbH & Co. KG

Gedruckt auf FSC-zertifiziertem Papier
ISBN 978-3-9818358-3-0

Was ist passiert?

Wir haben es gewaltig vermasselt. Die Erde ist kaputt gemacht. Wer der Schuldige ist, wird seit Jahrzehnten diskutiert. Auf das Warum gibt es keine Antwort. Höchstens die: Der Mensch braucht sich nicht mehr. Er streicht sich selbst aus der Unendlichkeit.

Die Evolution Bakterium – Affe – Mensch: Das war toll, aber hat lange gedauert. Am Ende bisschen Krieg, bisschen Elend, für andere bisschen Bitcoins, aber in Wahrheit hat man sich mit sich gelangweilt.
Daher wird in den letzten Tagen der Erde ein Foto zum Symbol: Ein kleiner Junge steht im Sandkasten und zerrt am Arm seiner Mama. In der anderen Hand hält er Eimerchen und Schaufelchen. Er will Sandburgen bauen, diese mit Sandkuchen bestücken, Gräben buddeln – und zwar mit aller Leidenschaft und Konzentration.
Auf dem Bild daneben, offenbar nach getaner Sandkastenarbeit, sieht man denselben kleinen Jungen, wie er mit einem großen Strahlen im Gesicht sein gerade errichtetes Sandkasten-Reich vernichtet. Was die Schaufel nicht zerstört hat, wird mit den Gummistiefeln zu dem gemacht, was es vorher war: Ein Haufen unbedeutender Sand.

Kaputt ist das durch eigne Hand,
was große Sehnsucht einst erfand.

(Das Reimchen stammt nicht von Goethe oder Schiller, sondern wurde vom *google-classic-poem-creator* digital gedichtet)

Am Nachmittag des 8. November 2037 war es dann soweit, dass die Erwachsenen zu Nachahmern ihrer Kinder wurden. Es machte Autsch. Und die Erde war unbewohnbar.
Wie dies genau ablief, steht in diesem Buch.

Das Jahr 2037 n. Chr.

Kein Mensch konnte sich jemals vorstellen, dass die Welt ab einem genau berechneten Tag nicht mehr in ihrem bewohnbaren Zustand existieren würde.
Wie kam es doch dazu?
Am Beginn der 2000er Jahre waren alle wissenschaftlichen Grundlagen zum Zustand der Welt erörtert.
Ab 2020 gab die Wissenschaft erste Zeitabläufe bekannt, ab wann bestimmte irreparable Schäden auftreten werden.
Noch erschien es lächerlich, ein ganz bestimmtes Datum zu nennen.
Ab 2030 wurde weltweit die Alarmstufe Rot für das Jahrzehnt ausgerufen.
Im Laufe des Jahres 2037 konnte man mit großer Wahrscheinlichkeit ein bestimmtes Datum nennen.
Kein Überleben mehr auf der Erde ab dem
8. November 2037.
Plötzlich stand sogar die Uhrzeit fest.

Was passierte in den letzten Stunden?

1. Kapitel

NOCH 24 STUNDEN

NOCH 24 STUNDEN BIS ZUM ENDE DER WELT

Weltweit herrschen Hektik, Panik und Ratlosigkeit. Was wird passieren? Wo beginnt der Untergang? Wird es weh tun? Jeder spekuliert und gibt Ratschläge. Andere kaufen die Supermärkte leer. Was großer Unsinn ist, denn übermorgen wird nichts mehr existieren auf dieser Welt. Aber die Menschen sind hilflos und machen in der Masse eines: Genauso weiter wie bisher.

Bonn. In einer Textil-Reinigung

Ein gutsituierter Mann mittleren Alters betritt eine Reinigung. Er ist in nervöser Betriebsamkeit und hat an diesem Tag bereits tausend wichtige Dinge erledigt, und hat aber noch tausend wichtige Dinge vor sich. Es pressiert.

Der Mann schiebt der Besitzerin der Reinigung den kleinen blauen Abholbeleg hin:

»Ich möchte meinen Smoking abholen. Es ist bereits bezahlt.«

Die Besitzerin der Reinigung sieht auf den Zettel, schiebt ihn zurück:

»Kumme Se morje widder.«

Der Mann:

»Morgen? Ich möchte ihn JETZT.«

Die Frau:

»Er ist aber erst morgen fertig. Wie es auf dem Beleg steht.«

Der Mann:

»Ist Ihnen eigentlich bewusst, dass morgen die Welt untergeht?«

Die Frau:

»Ohja. Deshalb schließen wir um 17 Uhr.«

Der Mann:

»Nochmal zum Verständnis: Ich feiere heute den letzten Abend der Weltgeschichte. Mit Freunden. Darunter sind bedeutende Soziologen, Wissenschaftler und Feuilletonisten. Sie geben mir jetzt meinen Smoking.«

Die Frau:

»Er ist morgen erst fertig.«

Der Mann stürmt um die Ladentheke herum, durchwühlt die in dünnes Plastik gehüllte Abholwäsche. Er brüllt dabei:

»Ein schwarzer Smoking. Zwei kleine Flecken sollten Sie nur entfernen. Das war die Sauce Hollandaise.«

Der Mann verheddert sich in Bügeln und Haken. Die Frau drückt auf die elektrische Weiterleitung der Hängewäsche, wodurch der Mann an seinem Gürtel hängend hochgezogen wird und in ein Wirrwarr aus Auf- und Abfahrten, Kreisbewegungen und diversen Ellipsen durch die ganze Wäscherei gefahren wird. Als er hinter einem meterhohen Trockner wieder zum Vorschein kommt, hängt er leblos zwischen Männerhemden und Damenröcken kopfüber von dem laufenden Stahlseil. Das Ende der Welt fordert sein erstes Opfer.

Ergebnisse der Sonntagsumfrage

Die letzte Sonntagsumfrage vor dem Weltuntergang brachte folgendes Ergebnis:
71 Prozent glauben an den Weltuntergang am 8.11.2037.
84 Prozent glauben, dass es danach normal weitergeht.
2 Prozent wissen nichts von der drohenden Katastrophe.

Indien

Es ist helllichter Tag, aber der Himmel über Indien ist komplett verdunkelt. Die Sonne ist durch dichte Rauchwolken verhangen. Über den ganzen Subkontinent legt sich ein unerträglicher Gestank. Es ist ungewöhnlich kalt. In den letzten Tagen sind über ganz Indien verteilt schätzungsweise 120 Millionen Frauen verbrannt worden. Indische Minister stehen weinend vor den Fernsehkameras. Sie lassen den Freudentränen freien Lauf.
Der indische Innenminister sagt mit erstickender Stimme:
»Wir sind stolz auf Indien. Es ist ein großer Moment für unsere Kultur. Millionen von indischen Männern stellen sich in diesen Tagen schützend vor ihre Frauen und behüten sie vor dem schrecklichen Tod beim Untergang der Welt. Sie schützen das Liebste, was sie haben, ihre Frauen

und Töchter, vor dem schrecklichen Ungewissen und übergeben sie dem gnadenreichen Feuer. Gepriesen sei Indien. Gepriesen sei unsere Kultur!«

Potsdam. Am Sitz des Vereins »Luft für Hansi«

Die Besitzer von Haustieren sind in Panik: Was machen die Haustiere, wenn die Luft dünner wird? »Luft für Hansi« hat inzwischen 17 Notfall-Telefone, die rund um die Uhr besetzt sind. Die Berater sind selbst Besitzer von Haustieren, meist Möpsen oder Fischen, und haben damit die größte Erfahrung mit Tieren, die mit wenig Sauerstoff auskommen müssen. Viele bringen ihre Haustiere auch in die Notaufnahme des Vereins. Wie Gertrud Humpelmann, eine ältere Dame, die aus ihrer Handtasche ein zusammengeschnürtes Päckchen hervorholt. Als sie das Zeitungspapier entrollt, liegt ein lebloser Wellensittich vor den Notfall-Ärzten.

Gertrud Humpelmann:
»Der *Bubi* braucht Luft. Bitte, bitte!«
Eine Tierärztin:
»Sind Sie sicher, dass er erstickt ist?«
Gertrud Humpelmann:
»Ja. Sagen doch alle: Es gibt keine Luft mehr.«
Eine Tierärztin:
»Wie alt war der *Bubi*?«
Gertrud Humpelmann:
»35 Jahre.«

Heidelberg. Eine Schwimmhalle.

Eine Gruppe Kinder tobt im Wasser. Eine Sechsjährige steht am Beckenrand und weint bitterlich. Ihre Lehrerin versucht sie zu trösten.

»Morgen schaffst Du es, kleine Marie!«

»Nein. Die sagen alle, dass morgen die Welt untergeht. Und dass ich das Seepferdchen nicht mehr bekomme.«

»Wer sagt das?«

»Alle! *(sie weint noch bitterlicher)* Und die haben alle schon das Seepferdchen, bloß ich nicht.«

»Dann kommst Du eben morgen wieder. Und dann bekommst auch Du das Seepferdchen.«

»Nein! Jetzt!«

»Nein, morgen!«

In diesem Augenblick lässt sich die kleine Marie theatralisch auf den Boden der Schwimmhalle fallen und brüllt fürchterlich:

»Aua! Aua! Du hast mich geschlagen. Das sag ich Papa, der ist Anwalt. Dann kommst Du ins Gefängnis.«

Die neue Ausgabe des FOCUS

Die Titelstory ist brandaktuell:

»Dicke haben bessere Überlebenschancen«.

Angeblich sind sich 100 Forscher einig, dass jeder, der über 120 Kilo auf die Waage bringt, die Chance auf ein Weiterleben nach dem Untergang hat. Auf dem Titelfoto tanzt eine dickliche Dame im Badeanzug auf einer verkohlten Erdkugel. Auf zehn Seiten findet man Tipps, wie es noch gelingen kann, sich in den nächsten 24 Stunden das Rettungs-Gewicht von 120 kg anzufressen.

Bamberg. Autohaus Krummbigl

An den meisten Orten wird das nahende Ende ignoriert. Das Autohaus Heinrich Krummbigl, genannt *Vollgas-Heini*, hat mit bunten Werbeplakaten die Stadt Bamberg zugepflastert:
»Jetzt Sommerreifen einlagern. Günstig wie noch nie.«

Nachrichten

Live-Reporter sind weltweit verstreut und sprechen mit aufgeregter Stimme in die Mikrofone.
»Hongkong. Das Militär hat die Stimmung der Menschen fest im Griff. Es gibt keine Ausschreitungen.«
»Teheran. Mit Spannung wird die Rede des iranischen Präsidenten erwartet. Informierte Kreise sind sich sicher, dass der Besitz der Atombombe bekannt gegeben wird. Iran will dadurch die Führungsrolle für die Zeit nach dem Weltuntergang für sich beanspruchen. Im Iran geht man davon aus, dass aufgrund der islamischen Zeitrechnung der Iran überleben wird. Der Untergang im Jahr

2037 ist ja nach dem aktuellen Mondkalender erst in über 600 Jahren in islamischen Ländern zu erwarten.«

Ein Reporter in Lindau am Bodensee. Während seiner Berichterstattung drängt sich von hinten ein älterer Herr ins Bild und ruft:

»Der Kachelmann war das. Seit der Kachelmann weg ist, ging das mit dieser Klimascheiße los.«

Sri Lanka.
Internationale Billiglohn-Erhöhung

Die vor zehn Jahren gegründete internationale Vereinigung erstklassiger Ausbeutungsbetriebe *United Sweatshop Agency* lädt zu einer Pressekonferenz auf Sri Lanka ein. Der CEO (Chief Executive Officer) kündigt an, dass es am Tag des Weltuntergangs eine einmalige Ausschüttung von jeweils 2 € an sämtliche Billiglohnarbeiterinnen der weltweiten Ausbeutungsbetriebe geben wird.

Voraussetzung:

Kein freier Tag in den letzten acht Jahren.

Nachweisbare Arbeitszeit von 16 Stunden täglich.

Kinderlosigkeit.

Auf großen Bildschirmen werden jubelnde Arbeiterinnen aus verschiedenen Ländern gezeigt. Sie halten Schilder hoch mit *Thank you, Boss.*

Thank you, Boss

Zell am See, Österreich

Der ehemalige österreichische Vizekanzler Heinz-Christian Strache, inzwischen 68 Jahre alt, wird durch ein ungarisches Einsatzkommando der Spezialkräfte im heimischen Wachsmuseum überwältigt. Strache hatte sich in der aus Wachs nachgebildeten Szenerie »Ibiza« seit 8 Monaten mit schweren Waffen verschanzt.
Von dort aus verlangte er die sofortige Ernennung seiner Frau zur Miss Ibiza. Er selbst forderte die Ernennung seiner Wachsfigur zum österreichischen Finanzminister. Er leidet seit Jahren unter der Einnahme verschiedentlicher, unbekannter Substanzen.

China

Sheng Nu, die berühmteste Bloggerin Chinas, schreibt:
»Ich bin Sheng Nu, das heißt in Eurer Sprache *Die Übrig Gebliebene*. Sheng Nu spricht zu Euch da draußen: Seit zwei Stunden hören wir in China keine anderen Nachrichten mehr außer Weltuntergang, Klimakatastrophe, Ende der Welt. Dieses verdammenswerte Regime. Sie machen den Leuten Angst, um besser regieren zu können. Dabei ist alles gelogen.«
Sofortige Antwort im Internet von Jens aus Paderborn:
»Sheng Nu, das stimmt.«
Sheng Nu:
»Was?«

Jens:
»Dass die Erde morgen untergeht.«
Sheng Nu:
»Du hältst zum Regime. Wahrscheinlich bist Du ihr Spitzel in Polen.«
Jens:
»Ich bin aus Deutschland.«
Sheng Nu:
»Das liegt doch in Polen.«
Sheng Nu:
Abgemeldet.

Sheng Nu ist eine Stimme des chinesischen Geheimdienstes. Echte Proteste gibt es in China seit zwei Jahrzehnten nicht mehr. Revolutionäre Stimmen dienen ausschließlich dem Image der Ausgewogenheit und werden von staatlichen Behörden selbst hergestellt.
Letzter Versuch von Jens, Kontakt aufzunehmen:
»Sheng Nu? Ich verkleide mich im Karneval gerne als Chinese.«

Conchita Wurst kündigt Outing an

Tom Neuwirth, besser bekannt als Conchita Wurst, kündigt ein Outing an für den 8. November 2037, 18 Uhr. Das ist exakt eine halbe Stunde nach Weltuntergang.
Er/Sie erhält Morddrohungen.

Kurz vor Weltuntergang erträgt es der zum Konservativen neigende Mitbürger nicht mehr, nicht genau über die sexuellen Ausprägungen seiner Mitmenschen Bescheid zu wissen. Auszüge aus den Zuschriften:

»Was jetzt? Outing für was? Kein normaler Mensch kennt sich mehr aus bei Dir. Perverser!« und

»Frau oder Mann? Schwuchtel-Lesbe und Schnurrbart-wixer! Wir killen Dich. Sag, wer und was Du bist. SOFORT.«

Tegernsee

Ein Festzelt. Edmund Stoiber, ehemaliger bayerischer Ministerpräsident, spricht. Er ist weit über 90 Jahre alt, aber immer noch sehr kampflustig:

»Und ich sage Ihnen noch einmal: Das haben wir von der CSU lange vorausgesehen, das mit dem, äh äh äh, mit dem Dings. Dem Ende. Weil das ja so kommen musste. Mit diesen Umwelt-Komponisten, äh, -Kommunisten. Weil das ja klar war, dass das Ende, wenn es kommt, dass es dann da ist. Und zwar in 10 Minuten.«

Großer Jubel.

»Und ich kann mich erinnern, damals, als der Schadbär, der Problembär, da gewütet hat in Bayern: Da war niemand da, der ihn fressen wollte. Nur ich. Und dann habe ich ihm sein Fell auf seinen Sack gehaut, weil es klar war, dass der Schadbär so lange zum Brunzen, äh, Brunnen, geht, bis er sich erbricht.«

Frenetischer Applaus.

Zahnarztpraxis Dr. Dr. Loch

Ein Aushang: »Termine nur nach Vorkasse.
Beachten Sie Verdopplung der Behandlungsgebühren!«

Afrika

Die ganze Welt stellt sich die Frage der Fragen: Was tun die Elefanten? Die großen Säugetiere gelten als verlässliche Vorboten kommender Katastrophen.
Das Gesicht einer gealterten französischen Tierforscherin geht um den Erdball, eine Unterzeile erklärt ihre Bedeutung:
»Dr. Gazelle. Elefanten-Wissenschaftlerin.«
Sie steht in der afrikanischen Savanne, im Hintergrund irgendwo Elefanten. Sie erklärt der Welt:
»Elefanten haben ein untrügliches Gespür dafür, wenn eine Bedrohung naht. Wir beobachten seit einiger Zeit große Unruhe unter den Tieren. Es sind Wilderer unterwegs, ja. Aber das spielt keine Rolle.«
Im Hintergrund fällt ein Schuss. Ein Elefant stürzt zu Boden, die anderen geraten in Panik.
Dr. Gazelle:
»Wir analysieren Verhalten und Fressgewohnheiten. So eine Nervosität wie jetzt, hat es noch nie gegeben unter den Tieren. Es ist etwas im Gange. Etwas ganz Großes. Sie sehen selbst, wie die Tiere fliehen. Sie spüren das Beben der Welt.«

Im Hintergrund sammeln sich afrikanische Wilderer um das getötete Tier.

Tankstelle an der A5

Ein Banner hängt von der Überdachung der Zapfsäulen. Handgeschrieben.

„Helfe mit. Tanke Fair-Trade-Diesel. Von jedem Liter profitiert die Stiftung „Benzin Kids" in Nigeria. Download Spenden-App im Shop."

Eine Enddreißigerin reißt die Autotüre auf und keift ihrem Mann hinterher: »Keinen Cent für die, verstanden! Die sind doch schuld, dass jetzt die Katastrophe kommt. Wir haben ja gar kein Benzin. Das Benzin kommt doch von denen, nicht von uns. Wie Ebola.«
Ihre **Tochter** fragt vom Rücksitz aus:
»Mama, hattest Du schon mal Ebola?«
Die Enddreißigerin:
»Ja. Klar.«
Tochter:
»Krass.«

Waldorfschule Bern

Handgeschriebener Aushang am Gitter zur Hauptstraße:

„Die Waldorfschule Bern tanzt am 8. November um 17:25 Uhr den Weltuntergang. Auch Nicht-Waldorfschüler willkommen, sofern sie sich mit der anthroposophischen Pädagogik von Rudolf Steiner im Einklang befinden. Hinterher gemütliches Beisammensein im anthroposophischen Sinn."

Berlin

Die Sozialministerin Sarah Wagenknecht, inzwischen CDU, kündigt für den morgigen Tag eine Rentenerhöhung in nie dagewesenem Ausmaß an.
Es kommt zu Tumulten in deutschen Altersheimen.
Norbert Blüm, berühmt durch seinen Spruch »Die Rente ist sicher«, gilt als Rädelsführer. Er ist inzwischen 102 Jahre alt, aber schreit noch mit kräftiger Stimme: »Das hätte früher kommen müssen!«
Es gibt inzwischen einen Haftbefehl, SEK-Kräfte suchen seit Stunden nach ihm auf dem Gelände des Seniorenparks »Schönes Ende«.

Wolgograd

Eintausend Kilometer südöstlich von Moskau treffen sich wie jedes Jahr seit 2032 rechtsnationale junge Deutsche und junge Russen, um die Schlacht von Stalingrad nachzustellen. Über zehntausend Teilnehmer verteilen sich in exakt nachempfundenen Uniformen des 2. Weltkrieges am Ufer der Wolga und feuern mit Panzern und Maschinengewehren aufeinander. Da über 80.000 Zuschauer erwartet werden, verteilen die russischen Behörden Flugzettel:

AN TEILNAHMER SCHLACHT STALINGRAD:

Schlacht beginnt 14 Uhr.
Schlacht endet 17:30.
Sieg Sowjet.
Rotes Blut giebt in
Kanister 2 Liter und 5 Liter.
NICHT TRINKÄN! Nur ausserrlich
anbarwend.

Anschliessend Schlacht ist
»Gefangenschaft-Fest«.
Trinken Alkohol frei.
WICHTIG:
Bitte Parken NICHT auf
Schlachtfeld. Nur Panzer darf.

Viele Schpass. Rukki Werch.

Osnabrück. Polizeidienststelle

Kai Böhling wird als Beschuldigter vernommen. Neben ihm steht ein Kühlschrank, auf dem Tisch des Polizisten ein Toaster. Beide Geräte sind an den Computer des Beamten angeschlossen. Seit dem Jahr 2023 sind sogenannte »smarte Haushaltsgeräte« als Zeugen zulässig.

Polizist:

»Sie behaupten also, Sie waren an dem besagten Abend zuhause.«

Kai:

»Ja, klar.«

Polizist:

»Wir haben hier vom Toaster folgende Aussage: Keine Wahrnehmung von Bewegung, von Licht, keine Gesichtserkennung, keinerlei Sprachbefehle.«

Kai:

»Weil er im Schrank steht. Den brauch ich nicht. Und das weiß er und jetzt will er mir eine mitgeben.«

Polizist:

»Des Weiteren haben wir hier eine Aussage Ihres Kühlschranks: Der sagt das gleiche.«

Kai:

»Ja, und? Was ist, wenn ich im Bad war die ganze Zeit?«

Polizist:

»Die Vernehmung des Rasierapparats war nicht möglich, weil er außer Funktion war. Womöglich vorsätzlich.«

Kai:

»Ich war am Klo.«

Polizist:
»Können Sie das beweisen?«
Kai:
»Ich spüle das Papier immer runter. Ich habe nicht gewusst, dass man das jetzt aufheben muss als Beweis.«
Kai Böhling wird wieder in eine Zelle geführt.
Der Polizeibeamte funkt zwei Kollegen an:
»Könnt Ihr bei dem Böhling vorbeifahren und eine Vernehmung vornehmen: Ich brauch die Aussage von der elektrischen Zahnbürste. Und vom Föhn.«

Kinshasa, Afrika

Der deutsche Finanzminister fliegt nach Kinshasa, dem Sitz der jungen Afrik-Bank, zum Festakt anlässlich »5 Years Afro«. Die gemeinsame afrikanische Währungseinheit *Afro* hat in den ersten fünf Jahren seit seiner Einführung sämtliche Voraussagen übertroffen und alle anderen Weltwährungseinheiten in den Schatten gestellt. Jeder vierte Mensch der Weltbevölkerung lebt auf dem afrikanischen Kontinent, die meisten sind stolz auf ihre gemeinsame Währung.

Erding bei München

Der bayerische Flugtaximinister verkündet auf einer Pressekonferenz, dass der Beginn der Bauarbeiten für die »dritte Startbahn« des Münchner Flughafens wegen des Weltuntergangs am 8. November NICHT verschoben wird. »Im Gegenteil. Vollgas! Bayern ist nicht Berlin!«, sagte er vor der Presse.

200 Jahre Tierschutz

Der Tierschutzverein in Deutschland feiert seinen 200. Geburtstag. Im Münchner Luxushotel Bayerischer Hof wird zu einer Gala geladen. Die 72jährige Schauspielerin Veronica Ferres hält eine umstrittene Rede. Die Presse veröffentlicht ausgewählte Passagen aus der Rede:

»Ja klar, sind alle Tiere ausgestorben auf der Erde. Aber jetzt mal ehrlich: Wem hier im Saal geht der Beutelwolf ab? *(Gelächter im Saal)* Oder der chinesische Flussdelfin? *(langer Applaus)*.«

Etwas später in ihrer Rede:

»Heute, an diesem Abend feiern wir die Tiere, die uns wichtig sind. Die Schnutzis und Putzis und Bärlis, die wir lieb haben und die wir schützen müssen. Drei Tierarten gibt es noch auf der Welt: Den Kreuzberger Pitbull. Solls meinetwegen geben. Hihi. Den Hohenzollern-Mops. Und meine Muschipussi, meine Siamkatze. Und liebe Freunde, deswegen müssen wir den Tierschutz über den morgigen

Tag hinaus pflegen. Und verteidigen. Weil meine Muschipussi, und Eure auch, die müssen leben, wenn wir weg sind. Vielleicht sind es unsere lieben Kleinen, die übermorgen die neue Welt aufbauen. Lasst uns das feiern, stellt ihnen offene Futterdosen hin. Tierschutz forever! Eure Veronica!« *(Standing ovations).*

Polizei-Dienststelle Rosenheim

24 Stunden vor dem Weltuntergang konnte kein seriöser Dienstablauf mehr sichergestellt werden, jeder Beamte hing am Telefon.

Ein Anrufer:

»Is da die Polizei? Ich möchte wissen, wo der Weltuntergang genau ist.«

Polizist:

»Wie Sie wissen, bereiten wir uns auf ein komplettes Untergangsszenario vor. Auch hier in Bayern. Das heißt, wir können auch hier im Landkreis Rosenheim nicht sicherstellen, dass es hier zu keinem Untergang kommt.«

Anrufer:

»Is mir alles klar. Aber wann is der Untergang? Es geht um die Zeitzonen. Ich war mit der Frau letztes Jahr in Thailand, und die Tochter war schwanger, dahoam, und hat angerufen, dass jetzt der Enkel da ist. Geboren um 10 Uhr 10 am Vormittag. Jetzt wars aber bei uns gar kein Vormittag. Weil wir ja in Thailand waren, verstehns?«

Polizist:
»Die genaue Uhrzeit ist ja über die Medien bekannt gegeben. 17:25 Uhr.«
Anrufer:
»Des woass I aa. Aber 17:25 in Thailand oder in Bayern? Oder ganz woanders?«
Polizist:
»Wartens, ich frag an Kollegen.«
(Man hört, wie er sich abwendet und in den Raum frägt.)
»Schorsch! Da ist wieder einer wega dem Weltuntergang. Is der in Thailand oder in Bayern?«
Der **Kollege** antwortet:
»Der soll mi am Arsch lecken und aus der Leitung geh.«
Der Anrufer legt fluchend auf.

Parkplatz einer ALDI-Filiale

Eine lustige Comic-Figur hält ein Schild hoch:
»Park woanders!«
»Parkplatz gesperrt. Aufgrund des Weltuntergangs am 8. November bitten wir Sie, ab 8.11. die öffentlichen Parkplätze der Umgebung zu nutzen. Die Aufhebung der Umparkung erfolgt sobald als möglich. Dresdner Stollen: 1.49. Lichterkette 18 Meter: 2.99.«

UN-Tribunal in Den Haag

Es ist der 3.217. Prozesstag für die ehemalige schwedische Klimaaktivistin Greta Tintin Eleonora Ernman Thunberg, geboren 2003. Das Urteil wird in den nächsten Stunden erwartet. Greta Thunberg wurde bereits im Jahr 2025 angeklagt wegen internationaler Irreführung und vorsätzlichem Missbrauch wissenschaftlicher Ergebnisse.
Ihr wird vorgeworfen, die ökologischen Klimaziele viel zu niedrig angesetzt zu haben. Zum Beispiel die Reduktion der Treibhausgase um nur 15% in Schweden. Diese und viele andere Zahlen hätten weltweit Millionen junger Menschen in ihren Protesten verwendet. Dadurch sei es zu großen Gegenbewegungen der Industrie gekommen, die letztlich die Rettung des Klimas verzögert hätten und den Untergang herbeigeführt haben. Hätte Greta Thunberg von Anfang an rigorosere Forderungen aufgestellt, hätten ganz andere Kompromisse gefunden werden können. Greta Thunberg gilt in Justizkreisen als Hauptschuldige der jetzigen Katastrophe.
Im Falle einer Verurteilung erwartet sie aufgrund der Schwere der Folgen eine lebenslange Haft.

Freistaat Bayern

Der bayerische Ministerpräsident Hubert Aiwanger kündigt an, in den bayerischen Finanzen im kommenden Jahr wieder eine schwarze Null haben zu wollen.

»Weil die schwarze Null für uns etwas ist, das uns wichtig ist, weil es einfach wichtig ist. Wer sich mit Finanzen auskennt, der weiß, dass die Null, wenn sie schwarz ist, eine schwarze Null ist. Basta. Und wer das nicht kapiert, der soll wissen, dass wir Bayern immer ein geladenes Messer bei uns tragen. Das ist unsere Tradition.«

Hannover

Ein kleines Häuflein Menschen verteilt Flugblätter.
Ein Mann brüllt ins Megaphon:
»Da hocken sie oben, die Alleswisser. Aber was ist denn nun morgen? Ist die Klimakatastrophe rollstuhlgerecht? Wer sagt uns das? Nur Schweigen! Unterschreiben Sie unsere Petition hier! Die Petition für bessere Information über den Weltuntergang. Wir fordern Infos. Unterschreiben Sie unsere Petition: »Morgen: Und was tun die Rollstuhlfahrer?«
Eine Frau fragt im Vorübergehen:
»Sie sind ja gar kein Rollstuhlfahrer?«
»Nein. Ich bin Petitionist. Und bei der ›Von Bürger-Für Bürger-Bürgerbewegung der Bürger‹ «.
Er wedelt mit seinen Blättern und ruft wieder in die Fußgängerzone:
»Unterschreiben Sie hier: Für einen rollstuhlgerechten Weltuntergang. Hier steht unsere Sammelbüchse.«

Ludwigsburg, Vorstadt. Wohnzimmer

Was in der Vergangenheit Fernseher genannt wurde, heißt seit langem Screen. Diese virtuelle Bilderwand füllt den Raum von der Küchentür bis zur Balkontür. Herr und Frau Eisele sitzen vor dem Screen:

Frau Eisele:

»Morgen ist Fußpflege. Gehst hin?«

Herr Eisele:

»Morgen soll doch der Weltuntergang sein.«

Frau Eisele:

»Grad deswegen. Oder möchtest da mit dreckige Füß dabei sein?«

Herr Eisele:

»So dick haben wirs auch nicht, Frau Eisele. Dass ich zwei Stund vorm Untergang mir noch die Füß machen lass.«

Frau Eisele:

»Immer hast Du Ausreden. Der Keller ist auch nicht aufgeräumt. Und die Bilder vom Urlaub sind auch noch nicht eingeklebt.«

Herr Eisele:

»Was für ein Urlaub.«

Frau Eisele:

»Wolfgangsee.«

Herr Eisele:

»Das ist ja dreißig Jahr her.«

Frau Eisele:

»Eben. Deswegen haben wir ja noch Papierbildle. Danach ist ja alles ditagalegalisiert worden.«

Herr Eisele:
»Digitalisiert, meinst Du.«
Frau Eisele:
»Ich meld Dich jetzt an. Ob Du willst oder nicht. Und a frische Unterhose ziehst auch an.«
Herr Eisele:
»Zum Weltuntergang?«
Frau Eisele:
»Ich lass mir nicht nachsagen, dass es dann heißt, der Weltuntergang is kommen, aber die Eiseles haben nicht amal a frische Unterwäsch angehabt.«

Schatzi, soll ich die Fußpflege nächste Woche absagen?

Russland. Sibirien und Moskau

Der ehemalige Staatspräsident Wladimir Putin feiert den Abschluss der Bauarbeiten in Moskau. In Rekordzeit hat Putin die gesamte Stadt zu seinem Palast umbauen lassen. Die enteigneten und umgesiedelten ehemaligen Bewohner Moskaus leben nun in Sibirien in Novimoskwa, dem »neuen« Moskau. Die Stadt wurde dort exakt nach den Plänen Moskaus wieder aufgebaut. Allerdings in einem kleineren Maßstab. Es kam zu vereinzelten Aufständen wegen der zu geringen Zimmerhöhe, den zu kleinen U-Bahnen und allen weiteren Einschränkungen durch die Verkleinerung. Putin gibt dazu eine Pressekonferenz:

»Es ist sehr schön dort. Die Leute aber müssen an ihre Kinder denken. Durch medizinische Maßnahmen wird bereits die nächste Generation kleiner sein und sich dann wohler fühlen. Die Enkel passen dann perfekt. Jeder Russe ist stolz auf das neue Moskau.«

Hamburg. Google Deutschland-Zentrale

»The greatest 100«. So heißt die größte und teuerste Show aller Zeiten. Sie soll wenige Stunden vor dem erwarteten Untergang Millionen Menschen an ihre Bildschirme locken und auf andere Gedanken bringen.
Im Büro »Director Entertainment«. Das Zimmer ist voller Menschen, Krisensitzung. Auf dem Ledersofa sitzen die

Wichtigen, außenrum stehen die Unwichtigeren. Es ist noch ein Tag Zeit, um die Show vorzubereiten.

Der **Director** brüllt alle Anwesenden an:
»Was heißt das: ›Es sind noch nicht ALLE fertig?‹ Ich habe vor Wochen gesagt, ich will die GRÖSSTEN der Menschheit. Jesus, Mohammed, Buddha, Hitler – und zwar LEBEND!«
Da meldet sich der sogenannte **Chief-Designer** zu Wort:
»Buddha hätten wir eventuell bis zur Sendung fertig. Aber was wir gehört haben, also, es versteht kein Mensch, was der sagt. Und es gibt kein Übersetzungsprogramm.«
Alle nicken zustimmend.
Der **Director** verstummt kurz. Dann explodiert er:
»Ihr Idioten wollt mir sagen, dass wir Buddha mithilfe unseres 3-D-Druckers live und lebendig in der Sendung haben könnten? ABER IHR ARSCHLÖCHER VERSTEHT IHN NICHT?«
Alle zustimmend:
»Jaja, genau. Und wenn wir ihn nicht verstehen, dann versteht ihn kein Mensch.«
Director:
»Es ist mir scheißegal, was dieser Idiot spricht. Legt ihm die Kalendersprüche vom Dalai Lama in den Mund: ›Wer zuhört, der lernt was.‹ Oder das andere von ihm: ›Wohnst Du noch oder lebst Du schon?‹ Wer weiß noch was?«
Eine Stimme:
»Das war IKEA. Buddha hat das nicht gesagt.«

Director:
»Hört, hört. Den Buddha versteht Ihr Arschlöcher nicht, aber Ihr wisst ganz genau, was er gesagt hat und was nicht!«
Alle Schweigen.
Nach einiger Zeit meldet sich eine **Sekretärin:**
»Ich weiß was von Buddha: Augen können nur leuchten, wenn es etwas gibt, was das Innere zum Leuchten bringt.«
Director:
»Geil, geil, geil. Unser Buddha spricht. Aber versteht diesen Quatsch irgendjemand? Also, wir machen es so: Anmoderation Buddha. Er kommt. Und bevor er sich aufs Sofa setzt, haut er diesen Satz raus.«
Sekretärin:
»Augen können nur leuchten ... ?«
Director:
»NEIN! Wohnst Du noch oder lebst Du schon. Wer kommt dann als Nächster?«
Chief-Designer:
»Boss, das ist das Problem. Jesus haben wir nicht. Mohammed auch nicht. Karl der Große: auch nicht.«
Director, fassungslos:
»Keinen?«
Chief-Designer:
»Nein. Keinen. Es fehlt uns die DNA. Wir könnten zwar irgendwas ausdrucken. Aber ohne DNA kein Jesus.«
Director:
»Wen habt Ihr? Hitler?«

Chief-Designer:

»Also, wir haben das so verstanden, dass wir uns schon konzentrieren auf die Guten.«

Director:

»Die Guten? Den Chef von der Heilsarmee? Keine Sau interessiert sich für die Guten, Sie Penner! Was ist mit Nero, Napoleon?«

Chief-Designer:

»Nee, also in der Kürze der Zeit geht per DNA noch: Niki Lauda. John Lennon haben die Amis schon.«

Director:

»Wir haben Mammuts und Dinosaurier aus dem ewigen Eis wieder hergestellt. Deren Fleisch fresse ich seit Jahren auf meinen Burgern. Und dann kommen Sie mit John Lennon? WER soll den fressen, Ihr Arschgesichter? Hitler! Kapiert Ihr das? Den will ich LEBEND, hergestellt aus seiner DKP ... «

Chief-Designer:

»DNA.«

Director:

»Und nach der Sendung geschnetzelt und gegrillt als Burger! Stück für 100.000 Dollar. DAS geht weg wie warme Semmeln.«

Österreich. Zillertal

Eine einzige Verkehrsdurchsage betrifft den gesamten Ostalpenraum:

»Die Feierlichkeiten zur Umbenennung der Zillertaler Alpen in *Gabalier-Gebirg'* haben einen Massenansturm ausgelöst. Es wird um eine großräumige Umfahrung des gesamten östlichen Alpenraumes gebeten. Die Ausweichroute über Udine-Graz-Prag-Nürnberg ist ausgeschildert.

Der beliebte Musiker Andreas Gabalier wird im Zillertal seinen neuen Hit präsentieren mit dem Titel: ›Das richtige Bluat‹.«

Der Refrain lautet:

»Wer eine Hoamat kennt,
und mit am blonden Madel pennt,
wer unser Rass und Blut im Innern hat,
dem tuat des Klima nix,
der lebt ewig auch bei 80 Grad.«

Nepal. Himalaya

Militante Gruppen von Sherpas überfallen die Lager von Bergsteigern, um deren Sauerstoffmasken zu stehlen. Weltweit hat der Sauerstoff-Diebstahl explosionsartig zugenommen. In Australien dringen bewaffnete Aborigines in Krankenhäuser und in militärische Anlagen ein, um Sauerstoffgeräte zu entwenden.

Appelle von Politikern zeigen keine Wirkung. Der nepalesische Innenminister berichtet:
»Diese Leute sind dumme Leute. Sie nehmen meistens nur die Masken mit.«

Berlin. Kanzleramt

Hunderte von Journalisten warten auf eine Stellungnahme der 87jährigen Bundeskanzlerin.
In ersten Meldungen heißt es, angesichts der Differenzen über die Durchführung des Weltuntergangs soll die GroKo heute noch aufgelöst werden. Teile der SPD stemmen sich dagegen, sie verlangen eine Urabstimmung der Mitglieder. Diese kann frühestens im Februar des nächsten Jahres stattfinden.

+++Live-Ticker+++

+++Eilmeldung aus Berlin+++

Nach 24 Jahren soll die GroKo aufgelöst werden. Teile der SPD fordern Urabstimmung. Kanzlerin schweigt.

RTL Show

Diese Show schlägt alle Rekorde: »Baby Camp«. Es geht um die einfache Frage:
Wer wird das letzte geborene Baby auf dieser Welt?
Bub oder Mädchen? Inder oder Österreicherin? Weltweit haben sich vier Millionen hochschwangerer Frauen angemeldet, die die Geburt ihres Kindes am 8. November erwarten. In jedem Land haben die jeweiligen Fernsehsender ein »Baby Camp« eingerichtet, die Live-Sendungen sind der absolute Straßenfeger.
Jeder Mensch kann in den Wettbüros seines Landes Gebote platzieren, natürlich auch online. Die Wettbüros haben noch 24 Stunden geöffnet, es wird langsam spannend.
Man kann setzen auf Geschlecht, Augenfarbe und Name.
In Deutschland liegt mit der höchsten Quote ganz vorne:
Männlich.
Blau.
Helene-Adolf.

RAF-Rentner

Überraschend hat sich die letzte noch lebende Generation der deutschen Terroristen aus ihrem Versteck gemeldet. Die drei meistgesuchten Verbrecher der deutschen Gegenwart kündigen an, exakt »1 Stunde vor Weltuntergang« ein »Abschluss-Manifest des antiimperialistischen Kampfes zur Befreiung des Volkes« zu veröffentlichen.

In ihrer heutigen Ankündigung ist zu lesen, dass sie die letzten Jahre unerkannt eine Currywurst-Bude in Rippnitz-Damgarten im Landkreis Vorpommern-Rügen betrieben haben. Mit dem Namen: »Kommando Rote Currywurst«.
Das Manifest soll dem Verfassungsschutz bereits vorliegen. Angeblich ist die Rede von einem angekündigten Hungerstreik der RAF-Opas.
Geschrieben sei das Manifest aufgrund der Sehschwächen der fast Hundertjährigen in Schriftgröße 36.

Dramatischer Unfall einer Ex-Staatsministerin

Die ehemalige Digitalisierungs-Ministerin Dorothee Bär wurde in letzter Sekunde gerettet. Für die PR-Aktion zu »Was machen ehemalige CSU-Größen in den letzten Stunden?« zwängte sich die knapp Sechzigjährige nochmal in ihr Latex-Dirndl, mit dem sie im Jahr 2019 für Aufsehen gesorgt hat.
Aus dem »Ansbacher Tag«:

> »Die zu eng anliegende Latexhaut schnürte der Ex-Ministerin lebenswichtige Organe ein. Sie verlor das Bewusstsein, da sie niemand aus ihrem Gummikleid befreien konnte. Ersthelfer versuchten mittels Luftpumpen die Latexhülle aufzupumpen, um den Druck auf den Körper zu mindern. Dies gelang. Die Gummihülle blähte sich enorm auf, aber hob dabei die Bewusstlose in

beträchtliche Höhe. Nach einem schnellen Entweichen der Luft, krachte die Ex-Ministerin aus vier bis sechs Metern Höhe auf den Boden. Dadurch erwachte sie aus ihrer Bewusstlosigkeit, wurde aber mittelschwer verletzt. Das Latexkleid wurde dabei zerstört.«

Tchibo

Das Sortiment hat sich neben dem ursprünglichen Kaffeeverkauf in den letzten vierzig Jahren enorm erweitert. Plakate in den Schaufenstern kündigen die letzte Verkaufsaktion an:

»Umtausch-Aktion beim Weltuntergang.
Morgen ab 17 Uhr alle Waffen KOSTENLOS! In jeder Filiale. Bringen Sie uns Ihre alten Töpfe oder Pfannen, dann erhalten Sie unsere niegelnagelneuen WMF-Handfeuerwaffen.
Einfach zu bedienen. Fachpersonal anwesend.«

Bayern, Angela-Merkel-Gymnasium

Ansprache des Direktors an die oberen Jahrgangsstufen.

»Sehr geehrte Schüler und Schülerinnen, Lehrkörper, sehr geehrte Robotics-Abteilung!
Sie haben Enormes geleistet in den letzten Jahren.
Gerade weil Bayern das letzte deutsche Bundesland ist, das die traditionellen Schulformen bis in die heutige

Zeit bewahrt hat. Mit Stolz schauen wir auf unsere Nachbarschule, unser Churfürstliches Gymnasium Hohlbrunn, an dem nach wie vor mit dem Lehrplan von 1702 gearbeitet wird.
Wie sie wissen: Nicht umsonst schauen Bremen, und wie die sozialen Brennpunkte der Republik alle heißen, – und die nicht umsonst heute unter Wasser stehen – neidisch auf uns.
Wie Sie wissen: Wir mussten aufgrund der aktuellen Nachrichten über den sogenannten Weltuntergang morgen am späten Nachmittag unser traditionelles Schulfest kurzfristig vorverlegen auf heute. Danke, dass Sie da sind. ABER. Wie sie wissen: Es wurde in den letzten Tagen Übelstes angestellt. Dass es heute als ›Scherz‹ angesehen wird, unser Angela-Merkel-Gymnasium als Angela-Ferkel-Gymnasium zu verunglimpfen, das ist eine, ja soweit gehe ich, und das Kollegium hat die Schritte bereits eingeleitet, eine STRAFTAT.«

(Er schreit)

»STRAFTAT!!!
Jahrelang war es in Bayern verboten, ein Gymnasium nach einer ehemaligen Bundespräsidentin zu benennen ...«

(Zwischenrufe)

»Was? Achso, ja, nach einer Kanzlerin. Und dann haben wir es geschafft. Mit aller intellektueller Anstrengung. Und jetzt kommen Sie daher und ... !!?? Ja, und weil morgen die Welt untergeht, ist es mir heute an dieser Stelle völlig egal:

Sie! Sie! Idioten, Sie!
Hier sind sie:
Ihre Abschluss-Zeugnisse. Holen Sie sie sich übermorgen bei mir im Direktorat ab.
Haha Haha Haha Haha Haha!!!!!!!!«
Der Schularzt kümmert sich um den zusammengebrochenen Direktor.

Köln. Justizgebäude

Im Zimmer 307 des Kölner Gerichts wird einem Schamanen der Prozess gemacht. Der Beklagte hat nach Ansicht des Gerichts gegen das Tierschutzgesetz verstoßen.
Der Vorwurf lautet auf wiederholte Verstöße gegen das sexuelle Selbstbestimmungsrecht von Tieren. Es steht eine Strafe von 125.000 Euro im Raum.
Es kommt zu Tumulten mit Besuchern vor der Tür, da etliche Fernsehteams den Zugang des überfüllten Saales blockieren. Ein Kameramann hat einen älteren Herrn mit der Kamera niedergeschlagen. Der Kameramann behauptet, der Mann sei absichtlich mit der Schläfe gegen die Kamera gestoßen. Mitglieder eines Hundezüchtervereins randalieren.
Langsam haben die Sicherheitskräfte die Situation im Griff.
Der Schamane Ogurc wird vom **Richter** vernommen:
»Ihr Name ist Wolfgang Rüdiger Kopalic, geboren am …«
Schamane:
»Ogurc. Mein Name ist Ogurc.«

Richter:

»Wissen Sie, Herr Kopalic, morgen geht die Welt unter. Vielleicht sollten wir alle hier versuchen, schnell zu einem Ende zu kommen.«

Schamane:

»Ich habe nichts getan.«

Richter:

»Ihnen wird vorgeworfen, in Dutzenden von Fällen, junge Hunde sexuell missbraucht zu haben. Die Nachbarn im Haus bezeugen dies in mindestens zehn Fällen.«

Schamane:

»Es waren keine jungen Hunde. Es waren Hündinnen, die mir sehr, sehr zugetan waren.«

Richter:

»Sie geben also zu, den Geschlechtsakt mit den Tieren vollzogen zu haben?«

Schamane:

»Jeder Mensch auf Erden sollte mir dankbar sein.«

Richter:

»Es ist davon auszugehen, dass Sie die Tiere zu artwidrigem Verhalten gezwungen haben. Wir gehen von niederen Beweggründen aus, da ...«

Schamane:

»ICH BIN SCHAMANE! Herr Richter, Ogurc kennt keine niedrigen Beweggründe. Ogurc rettet die Menschheit. Da wir morgen alle ausgerottet sein werden, blieb uns nur eine einzige Möglichkeit, wieder auf diese Erde zurückzukehren. Indem man den menschlichen Samen über einen Zwischenträger bewahrt, um sich nach der Geburt des Zwitterwesens wieder in die menschliche Natur zurückzubilden.«

Richter:

»Das heißt, Sie glauben – da Sie ja meinen, ein Schamane zu sein –, dass Sie einfach mit Hunden kopulieren können, in der irrsinnigen Ansicht, dass Sie als Hundebaby wieder auf die Welt kommen, als Wolfgang Rüdiger-Schäferhundwelpe.«

Schamane:

»Ich breche diesen Prozess gegen mich an dieser Stelle ab, da das Gericht über keine Tier-Kenntnisse verfügt. Es waren keine Schäferhündinnen.
Es waren Münsterländerinnen. Die schönsten und gescheitesten Münsterländerinnen, die es gibt.«

Im Publikum bricht Jubel aus.
Der Hundezüchterverein rollt ein Transparent aus:
»Ogurc lässt uns ewig leben!«

Jordanien und Schweiz

»Teile von Arafat geklaut«, titelte die *Neue Züricher Zeitung*. Aus den schwer zugänglichen Kühlräumen der Universität Lausanne haben Unbekannte einige Körperteile des ehemaligen PLO-Chefs Jassir Arafat entwendet. Nach seinem Tod im November 2004 wurden dort Untersuchungen zur Todesursache vorgenommen. War es wirklich ein Schlaganfall oder eine radioaktive Vergiftung mit dem Isotop Polonium 210?

Arafat alias Abu Ammar wurde nach dem Diebstahl des Körpermaterials angeblich wieder zum Leben erweckt und über etliche Kopien in der arabischen Welt verbreitet. Der arabische Fernsehsender Al-Jazeera meldete, dass »Arafat 2.0«, wie er inzwischen heißt, etliche Palästinenser-Demonstrationen anzettelt, anführt und zum Angriff auf die »zionistischen Europäer« aufruft.
Der aus dem alten DNA-Material hergestellte Terrorist und Friedensnobelpreisträger soll anstatt der ehemaligen Körpergröße von 1,57 Meter nur noch 98 Zentimeter groß sein. Den Schuhmachermeister, der ihm um wenige Millimeter abweichende Absatzhöhen gemacht hat, soll er eigenhändig erschossen haben.

USA – Nordkorea

Der nordkoreanische Präsident Kim Kim Uns bietet den Vereinigten Staaten von Amerika einen Friedensvertrag auf unbegrenzte Dauer an, wenn sich Washington dazu bereit erklärt, dass Nordkorea noch vor dem Weltuntergang vier amerikanische Millionenstädte mit Atombomben zerstören darf.
Der amerikanische Kongress berät sich zur Stunde noch darüber.

Stuttgart. Unternehmensberatung

Dr. Martina Trunk-Jefferson sitzt seit acht Jahren als CEO in der obersten Etage eines verglasten Wolkenkratzers. Seit fünf Jahren lebt sie allein, ihre Tochter studiert in Mexiko, der Sohn lebt in einer Dauerentzugsklinik im österreichischen Waldviertel. Ihr Mann hatte sie wegen einer Jüngeren verlassen, die Kolleginnen aber sagen: Wegen einer Schöneren.
Dr. Martina Trunk-Jefferson sitzt im Büro und sichert ein letztes Mal ihre Computerdaten im riesigen Speicherplatz eines firmeneigenen Satelliten. Private Verabredungen sagt sie ab. Die letzten Stunden der Welt füllt sie mit Sauna, Maniküre, Pediküre, Coiffeur. Alles, was sie will, ist ein geheimes Stelldichein in den letzten Minuten. Möglichst diskret, möglichst unpersönlich, möglichst gut. Sie sucht sich jemanden aus unter *Robot-Erotik*, Hausbesuche. Der Mann ist jung, lässiges T-Shirt, hübsches Lachen. Und kostet für drei Stunden ein halbes Vermögen. Diese Männer sind teurer als ihre menschlichen Pendants, da sie mit einer hoch komplexen Software ausgestattet sind. Es bleiben keine Wünsche offen, alles kann einprogrammiert werden. Vom harmlosen Schmusen, bis hin zu jeder Abartigkeit, kann bei Martinas »HardyXXL« und seinesgleichen alles downgeloadet werden, sogar Schweißfüße. Er ist zwar ein Roboter, aber das sieht man ihm nicht an. Rein äußerlich ist er einem jungen durchtrainierten Mann nachgebildet, könnte sich aber auch über Quantenphysik unterhalten oder Eierspeisen.

Nach der Online-Bezahlung erscheint sofort das grüne Ok-Häkchen.
Dr. Trunk-Jefferson ist sehr aufgeregt.

Der perfekte Abend
für die Frau

www.Robot-Erotik.org

Aufregender als jeder
echte Mann

*Selbst-Programmierung
möglich*

Rottach-Egern am Tegernsee

In der historischen Gaststätte Bachmair am See stellen die Mundart-Muslims e.V. den »Koran auf Bairisch« vor. Es ist die erste Koran-Übersetzung in Mundart überhaupt. Die Allah-gläubigen Bayern geben Kostproben des Heiligen Buches im Dialekt:

»Aus da Sur' zwoa: De Kuah.«

»Und da Herrgott hod gsagt, ihr soids a Kuah schlachten.« Sagt der Moses.

Und de andern ham an Moses gfrogt:

»Dann frog eahm nochamal, was für oane, dass es sein soll.«

Und da Moses wieder:

»ER sagt: Leuchten solls, und gelb sein. Schee zum oschaun.«

Als die Mundart-Muslims eine weitere »Sur'« auf Bairisch vortragen wollen, entsteht im vollgefüllten Saal missmutiges Gemurmel. Erste harmlose Rempeleien entwickeln sich zu einer brutalen Wirtshausschlägerei.

Wild wird durcheinander geschrien:

»Wos soll des für ein Herrgott sein bei Euch? Einer, der an gelbe Küah glaubt? Der hat zu viel Wasserpfeife g'raucht, wennst mi fragst!«

Nach eineinhalb Stunden werden 7 Personen schwerverletzt abtransportiert.

Coburg – Skandal um Lied

Der in Coburg recht bekannte Liedermacher Ernst Krach, genannt »LaLeLu« ist am Boden zerstört. Sein Auftritt beim Coburger Stadtfest wurde abgesagt. Schon im Vorfeld hatte er damit geworben, sein Lied »Wenn bei Capri das Mikro-Plastik im Meer versinkt« zu singen. Das missfiel den Veranstaltern:

»Wenn morgen das Klima die Welt zerstört, können wir heute solche Songs auf der Bühne nicht brauchen.«

»LaLeLu« meinte dazu:

»Ich sing trotzdem. Wer mich hören will: Ich steh mit meinem Sprinter rechts hinten am Parkplatz in der fünften Reihe. Da sind hinten die Türen offen und da sitz ich drin und spiel für meine Fans.«

Jochen Schweizer – Letztes Erlebnis

»Du bist, wo Du warst.« Mit diesem Spruch wirbt Jochen Schweizer für die letzten Erlebnisse. Seit Wochen ist eine Erlebniskategorie ausgebucht: »Orte zum Sterben«.

Die Werbung verspricht Spektakuläres:

»Seit Beginn der Aufzeichnungen ziehen sich die Indianer zum Sterben auf den Berg Hui-Hint-Owi zurück. Mit Jochen Schweizer können Sie die letzten spektakulären Stunden des Weltenlebens dort oben verbringen. Direkt neben Ihnen sehen Sie alte und junge Indianer in ihrer ganzen Pracht und Würde das Zeitliche segnen. Gemeinsam warten auch wir auf die letzten Sekunden.«

Um für alle Fälle gerüstet zu sein, hat die Erlebnis-Agentur Jochen Schweizer für einen kleinen Aufpreis von 8.500 Euro für jeden Kunden ein Sauerstoffgerät dabei.

Eine Kundin schreibt:

»Sehr geehrte Reiseleitung, darf man mit den Indianern Selfies machen?«

Südtirol. 4-Sterne-Hotel

Die Innenarchitekten waren sehr bemüht: Original Style of Southern Tirol. Die Flightmobile Zone ist voll geparkt. Außen am Hotel: »Adults Only«. Die Leuchtschrift mit den großen englischen Buchstaben blinkt bunt bis ins Pustertal hinunter.

Die Hotelchefin lässt es sich nicht nehmen, selbst ein paar Worte an Ihre Gäste zu richten, im berühmten altsüdtirolerisch-hochdeutschen Dialekt:

»Gell, die Nachrichten sind schlächt heite. Aber ich sag Eich eins: Ich bin 93. Und die Nachrichten waren immer schlächt. Faschisten, Kommunisten, Terroristen. Aber liabe Leit, wir sand in Südtirol. Und die Welt ist alle zwoa Jahr untergangen. Was hat mei Familie gemacht: A neiches Schwimmbad gebaut. Und unsere Stammgäscht sein kumman. Deshalb ein dreifach Hoch auf die Familie Lupanowski aus Deitschland. Herzlichen Glückwunsch, sie kemman seit 45 Jahr zu uns ins Hotel. Obwohl das

Schicksal a böses war. Erst ist der Andrea ihr Mann gestorben. Gell zum Glück nicht da bei uns im Hotel. Aber, gell, das war schon schlimm für die Andrea. Und Sie isch trotzdem zu uns kemman. Mitm Petry. Und das kann keiner von uns vergessen: Der Petry, der hat ja kaum noch gehen kennan, kommt unter des Maschin. Der Rasenmäher, der von selber fahrt und mäht. Manche Leut ham gleich gesagt, der war nicht mehr gscheit geladen, von der Batterie her, gell, weil der muss doch bremsen vor am Hund. Aber es hat sich ja rausgestellt, dass der falsch programmiert war vom Hersteller. Und die Andrea ist uns treu geblieben. Danke Dir, Andrea. Mir ham da für Deine 45 Jahre so an kloana Anhänger aus Blech, des isch a Südtiroler Apfelstrudel. Den kriegst für Deine Treue zu unsch.«

Bravorufe.

Musik.

Chefin:

»In unserer Sauna macht um 17 Uhr der Lois an Lavendel-Aufguss.«

Letzter Aufruf!

Der deutsche Finanzmogul Carsten Maschmeyer wendet sich in einem öffentlichen Aufruf an die tibetanische UNO-Generalsekretärin:

»SOFORT! Bitte sagen Sie die Klimakatastrophe morgen ab! Ich habe wichtige Termine.«

Eine offensichtlich privat gedachte Nachricht wurde nicht gelöscht und aus Versehen angefügt:

»Veronica! VERONICA! Du, wenn die mir in 60 Minuten nicht zusagen, dann kaufe ich morgen die UNO. Einverstanden, Schatz?«

SOFORT!

Bitte sagen Sie die Klimakatastrophe morgen ab!

Ich habe wichtige Termine.

Köln. 11.11. vorverlegt

Der Start des Karnevals wird aufgrund des Weltuntergangs am 8. November vier Tage vorverlegt.
Zeitgleich werden bereits die für Februar angesetzten Rosenmontagsumzüge durchgeführt. Höhepunkte der diesjährigen Karnevalssaison werden die Wagen mit den Themen:
»Rom: Neuigkeiten aus dem Petra-Dom«
(dargestellt als Segnung der Päpstin im Vatikan)
»Plutonium ist lecker«
(dargestellt als Festessen des dt. Umweltministeriums im atomaren Endlager: »Wir fressen die atomaren Reste«.)
»Rasen wie die Hasen«
(dargestellt als Tesla-Cabrio in der Verkehrskontrolle: »Sie wissen schon, dass die Mindest-Geschwindigkeit auf deutschen Autobahnen jetzt 180 km/h ist?«)

Dauer-Interviews

Seit einer Woche laufen auf allen Radiosendern Interviews mit Prominenten. Die Dauersendung bis zum tatsächlichen Untergang nennt sich »DIE Erinnerung«.
Stefan Aust, erst SPIEGEL-Chefredakteur, dann Herausgeber von DIE WELT, fiel bereits 2019 mit Verschwörungstheorien zur Klimakrise auf: »Alles nur auf CO_2 zu reduzieren ...«.

Frage:
»Herr Aust, Ihr Geburtsort Stade existiert seit ein paar Jahren nicht mehr …«
Aust unterbricht:
»Wie kommen Sie darauf? Natürlich existiert Stade. Es liegt nur unter Wasser.«
Frage:
»Gut. Wann waren Sie das letzte Mal dort?«
Aust:
»Ich bin kein guter Taucher. Und jetzt bin ich über 90. Es interessiert mich nicht mehr.«
Frage:
»Der Klimawandel. Wenn morgen die Welt untergeht, auf was führen Sie das zurück.«
Aust:
»Erst einmal: Dass die Erde nicht ewig existiert, muss jedem vernünftigen Menschen klar gewesen sein. Zweitens: Wenn man über Klimatote sprechen will, muss man viel weiter zurückgehen. Zum 22. November 1963. In Dallas.«
Frage:
»Da wurde John F. Kennedy erschossen.«
Aust:
»Sehen Sie, Sie plappern das auch nach. Aber die Wahrheit ist: John F. Kennedy ist der erste Klimatote.«
Frage:
»Aber es steht doch fest, dass Kennedy von mehreren Kugeln getroffen und dadurch getötet wurde?«

Aust:
»Die Kugeln waren die Folge! Nicht die Ursache.«
Frage:
»Wie meinen Sie das?«
Aust:
»Nun: Diese Kugeln haben ja präzise getroffen. Das konnte nur bei schönem Wetter funktionieren. Bei Wind, Sturm, Hagel, hätten die nie treffen können.«
Frage:
»Aber bei Hagel und Sturm wäre Präsident Kennedy auch nicht mit dem offenen Verdeck im Cabrio gefahren.«
Aust:
»Darum geht es nicht. Kennedy starb, weil schönes Wetter war. Wegen Sonne. Zuviel Sonne. Damit können Sie das Klima verantwortlich machen. Was aber nicht geht, es dem CO_2 der Klimaträumer in die Schuhe zu schieben.«
Frage:
»Aber was Sie da reden, das ist doch absoluter … «
Aust:
»Die Wahrheit, junger Mann. Die Wahrheit.«

USA. Silicon-Valley

Bill Gates stellt kostenloses Microsoft-Update vor.
»Unsere Entwickler haben seit Monaten auf Hochtouren gearbeitet, um dem User über die derzeitigen Probleme hinweg zu helfen. Ich denke, wir haben es wieder einmal

geschafft. Es ist ein ganz einfaches Tool, das auf jedem Rechner installiert werden kann. Was kann diese Software? Microsoft kann Ihnen allen jetzt garantieren, dass Ihre privaten und geschäftlichen Daten erhalten bleiben. Und zwar über den 8. November 2037 hinaus. Mit einem einfachen Passwort geschützt, sind Sie jederzeit hinterher abrufbereit.«

Zwischenfrage eines **Foto-Reporters:**

»Auch unsere Fotos, Bill?«

Bill Gates:

»Auch die Fotos, ja.«

Pulau Buro, Insel im indonesischen Meer

Durch den steigenden Meeresspiegel der letzten Jahrzehnte haben sich Kannibalen auf eine der höher gelegenen Insel der Molukken gerettet. Im Bergwald von Pulau Buro sitzt die Männergruppe zusammen und debattiert.

Ein holländischer Ethnologe, einer der wenigen Wissenschaftler, der ihre Sprache beherrscht, sitzt dabei und nimmt mit seinem iPhone heimlich die Diskussion auf.

Kannibale 1:

»So Leute, so geht's nicht weiter. Nur noch 24 Stunden und wir wissen immer noch nicht, wen wir morgen essen.«

Kannibale 2

(er ist offenbar der Lustigste der Kannibalen):

»Immer den, der fragt.«
Alle Kannibalen lachen.

Kannibale 3

(er ist aufgeregt und den anderen nicht wohl gesonnen):
»Ihr Faulenzer! Morgen ist ein ganz normaler Tag. Wir sagen jeden Tag, dass morgen die Welt untergeht. Das ist unser Glaube. Arbeitet lieber was, anstatt sich mit diesem Mist zu beschäftigen.«
Allgemeines Gegrunze, was Protest bedeutet.

Kannibale 1:

»Ich habe CNN gesehen. Mit eigenen Augen. Diesmal sagen es alle. Es stimmt, dass die Welt untergeht. Auch Pulau Buro.«
Allgemeines Gegrunze, diesmal bedeutet es Zustimmung.
Kannibale 2 nimmt den Arm des Holländers und tut so, als ob er davon abbeißen würde. Allgemeines Gelächter. Der Holländer ist sehr erschrocken.

Kannibale 3:

»Ich arbeite. Wer kommt mit?«
Allgemeines Gegrunze. Diesmal bedeutet es: Niemand.
In dem Moment, als Kannibale 3 aufsteht, um in den Busch zu gehen, stürzen sich seine beiden Sitznachbarn auf ihn und essen ihn roh.

Kannibale 1:

»Idioten, der wäre für morgen gewesen.«
Alle schweigen.
Sie überlegen nun die ganze Nacht, wen sie morgen essen.
Einer nach dem anderen schaut den Holländer an.

Festakt in Würzburg

In der Festung Marienberg, die über der Stadt thront, beginnt der Festakt. Die unterfränkische Winzervereinigung feiert »100.000 Hektoliter fränkischer Chianti Classico«. Vor 450 ausgewählten Gästen präsentiert der amtierende Präsident stolz die Zahlen. Neben der Bühne steht ein riesiger, durchsichtiger Behälter, in dem eine rote Flüssigkeit schwappt.

»Das ist er«, sagt der Präsident und deutet auf den Weintank, »der Müller-Thurgau-Chianti. Als in den zwanziger Jahren die Temperaturen zum ersten Mal kontinuierlich über 30 Grad waren, haben wir Unterfranken die Zeichen der Zeit erkannt und das edle Getränk angebaut, per Hand gelesen, gekeltert – und auch gesoffen, meine Damen und Herren.

(Großes Gelächter im Saal).

Ich sage Ihnen ganz ehrlich, Klimakatastrophe hin oder her: Es ist halt a paar Grad wärmer geworden. Dafür sieht man auch, was die Kleidung angeht, a wenig mehr Haut bei die Unterfränkinnen. Und da hat sich schon mancher unserer Herren darüber gfreut.

(Wieder großes Gelächter im Saal).

Und, und das ist die eigentliche Sensation, haben wir dadurch den begehrtesten Vino der ganzen Welt anbauen können. Als erste und bis heute einzige. Denn, wie wir alle wissen, ist in der Toskana nix mehr los. Da ist es einfach zu heiß inzwischen.

Wenn mich jemand fragt: Was sagt der Herr Präsident zur Klimakatastrophe? Dann sag ich: Her damit! Her damit! Und nochmal: Her damit!«

(Frenetischer Applaus).

Aus einem Redemanuskript
des unterfränkischen Winzerverbandes:

Wenn mich jemand fragt:

Was sagst Du zur

Klimakatastrophe?

Dann sag ich:

Her damit!

Her damit!

Und nochmal: Her damit!

Hessen. Ganztags-Halbnacht-Schule

Die Schüler protestieren gegen die Schließung der Schule am Tag des Weltuntergangs. Eine Versammlung in der Aula eskaliert, Schülerinnen und Schüler haben Panik, Sanitäter haben einige Rettungseinsätze bei den ersten Kreislaufzusammenbrüchen. Der Schülersprecher ergreift die Initiative und übernimmt das Mikrofon:

»Hey, Leute, keine Panik. Wir müssen jetzt erklären, warum wir morgen nicht zuhause bleiben können. Wir lassen jetzt mal ein zusätzliches Mikrofon durch die Reihen gehen. Die Schulleitung sagt, wir können offen reden. Also, traut Euch!«

Ein Mädchen in der Mitte nimmt das Mikrofon in die Hand.

»Ich bin in der Neunten und möchte morgen hierher kommen. Weil ich nicht weiß, was ich zuhause machen soll.«

Viele melden sich jetzt, das Mikro wird weiter gereicht.

»Mein Vater hat erzählt, die hatten früher nachmittags und abends noch frei, und konnten da was machen, was sie wollten. Aber das können wir ja gar nicht. Wir waren ja immer in der Schule bis ganz spät am Abend. Das war doch immer gut, oder?«

»Ja, sie hat recht. Das ist unverantwortlich, wenn sie uns heimschicken. Wer weiß, was wir anstellen.«

»Genau. Wir wissen ja gar nicht, was wir da wollen sollen. Hier kann man ja viel besser am Smartphone chatten und so.«

»Das ist von der Schulleitung unverantwortlich, was hier abgeht, echt, null Bock auf sowas. Ich geh nicht raus aus der Schule.«

»Diese Vorschläge sind komplett bescheuert: Wir sollen die Stadt anschauen, oder auf den Aussichtsturm. Das haben wir noch nie gemacht. Das ist echt so krass, weil es so gefährlich ist.«

Der Schulsprecher geht dazwischen:

»Also, wer ist dafür, morgen hierher zu kommen und normal Unterricht zu machen?«

Ausnahmslos alle Schüler und Schülerinnen heben zustimmend ihre Hand.

Die Musikpädagogin lässt sich in der letzten Reihe auf einen Stuhl fallen. Sie weint bitterlich:

»Das habe ich nicht gewollt.«

Düsseldorf. Passausgabestelle

Frau Fleischmann holt ihren neuen Reisepass ab.

Da jeder Bürger die Möglichkeit hat, sein Geschlecht immer detailgenauer einzutragen, muss man persönlich erscheinen.

Frau Fleischmann ist fast am Ende der Behördengänge und sitzt nun über den verschiedenen Möglichkeiten.

Unter »Geschlecht« darf Sie sogar bis zu zwei Kästchen ankreuzen.

Sie überfliegt die Liste:

Androgyn, Divers, Herm, Männlich, Drag, geschlechtslos, nicht-binär, MzF, gender variabel, Pangender, Transmensch, Zwitter, Butch, Two Spirit, Bigender, XY-Frau usw.
Sie ist überrascht, denn sie findet für sich keine passende Zuordnung. Sicher hat sie es überlesen. Mit dem Finger geht sie nochmal Wort für Wort durch die Liste.
Wieder nichts.
Ein drittes Mal.
Nichts.
Sie geht zum Schalter.
Frau Fleischmann hält die Seite mit den leeren Kästchen und den Geschlechtsbezeichnungen an die Scheibe:
»Entschuldigung. Ich finde mich da nicht.«
Die Schalter-Dame:
»Lesen Sie es nochmal durch. Es ist für jeden etwas dabei.«
Frau Fleischmann:
»Vielleicht für Je-DEN. Aber nicht für Je-DE.«
Die Schalter-Dame:
»Liebe Frau, oder was Sie auch immer sind. Diese Pässe sind nagelneu. Es gibt jetzt vierundsiebzig Bezeichnungen. Und Sie sagen mir, Sie finden nichts ... «
Frau Fleischmann:
»Nein. Schauen Sie selbst.«
Die Schalter-Dame:
»Wie soll ich wissen, was Sie sind! Überlegen Sie es sich nochmal und dann kommen Sie wieder an den Schalter.«
(Sie drückt den Knopf für die Sprechanlage).
»Der, die, das oder divers Nächste bitte!«

Frau Fleischmann:
»Da gibt es nichts zum überlegen. Ich weiß doch, was ich bin.«
Die Schalter-Dame:
»Dann kreuzen Sie das Kästchen endlich an.
(Nun wird sie laut) Was ist denn da so schwer?!«
Frau Fleischmann:
(Frau Fleischmann wird nun auch laut).
»Weil es das Kästchen nicht gibt.«
Die Schalter-Dame:
»Und was sind Sie?«
Frau Fleischmann:
»Eine Frau.«
Die Schalter-Dame:
»Aber was für eine?«
Frau Fleischmann:
»Normal. Frau. Weiblich.«
Die Schalter-Dame:
(Beiseite gesprochen) »Das sind die Schlimmsten.«
»Frau Fleischmann, dann kreuzen Sie das bitte an.«
Frau Fleischmann:
»Jetzt sag ich es zum fünften Mal: DA IST KEIN KÄSTCHEN!«
Die Schalter-Dame:
»Für weiblich?« *(Sie überprüft es selbst).*
»Mhm. Vielleicht gibt es das nicht mehr.«
Frau Fleischmann:
»Ich bin aber eine Frau.«
Die Schalter-Dame:
»Da bin ich jetzt überfragt.«

Frau Fleischmann:
»Und jetzt?«
Die Schalter-Dame:
»Frau Fleischmann, ganz ehrlich, morgen geht die Welt unter. Einen anderen Pass bekommen Sie nicht mehr. Kreuzen Sie was an, was irgendwie ähnlich ist.«
Frau Fleischmann:
»Ähnlich?«
Die Schalter-Dame:
»Ja. Geben Sie mir mal Ihren Pass!«
Frau Fleischmann reicht den Pass durch den Schlitz.
Die Schalter-Dame geht aufmerksam die Liste durch.
Die Schalter-Dame:
»Lesbisch. Das kann ich mir gut vorstellen bei Ihnen.
(sie liest weiter) Aber das gibt es anscheinend auch nicht.«
(Plötzlich ruft sie freudig)
»Da! Two Spirit. Das haben die Indianer erfunden. Quasi, weder noch und gleichzeitig doch beides. Da ist alles drin.«
Die Schalter-Dame macht schnell das Kreuzchen und reicht Frau Fleischmann den Pass zurück mit den Worten:
»Das hat mein Mann auch. Er ist sehr zufrieden damit. Auf Wiedersehen.«

Freiburg. Demo der Impfgegner

In der Freiburger Innenstadt haben sich über 50.000 Impfgegner versammelt. Das Sondereinsatzkommando hat die Demo komplett umstellt, und ist ausgerüstet mit Mundschutz und vielen weiteren medizinischen Sicherheitsvorkehrungen. Alle drei Minuten versprühen Wasserwerfer diverse Impf-Flüssigkeiten über die Demonstrierenden.
Die Menschen versuchen sich mit Schirmen und Kapuzen dagegen zu schützen.
Hunderte von Schildern werden hochgehalten:
»Wer an Masern stirbt, ist selber schuld.«
»Wir sind die Illegalen.«
»Schuld am Weltuntergang? Der Impfpflicht-Lobbyist!«
»Rote Punkte sind geil.«
Immer wieder wird das Lied der Impfgegner angestimmt.
Nach der Melodie von *Alle meine Entchen.*
»Alle meine Masern,
trag ich auf der Haut, trag ich auf der Haut.
Wenn dann alle krank sind,
macht das gar nichts aus.«

Die Hymne der Impf-Gegner

gesungen nach der Melodie von
Alle meine Entchen

»Alle meine Masern,
trag ich auf der Haut,
trag ich auf der Haut.
Wenn dann alle krank sind,
macht das gar nichts aus.«

München. ADFTC-Zentrale

Geheimsitzung in der Chef-Etage des ADFTC. Vor fünf Jahren hat sich der ADAC in *Allgemeiner Deutscher Flugtaxi Club* umbenannt. Nun wird heftig die Frage eines Tempolimits diskutiert. Man legt dem ADFTC-Präsidenten Markus Söder, einem ehemaligen bayerischen Ministerpräsidenten, die neuesten Zahlen vor.

Geschäftsführer Tempo:
»Hier haben wir jetzt die belastbaren Zahlen. 51 Prozent der Verkehrsteilnehmer, und das ist ja inzwischen jeder in Deutschland, sind GEGEN ein Tempolimit.«

Söder:
»Klar. Warum soll das heute anders sein als früher! Also, wir bleiben dabei: KEIN Tempolimit.«

Geschäftsführer Tempo:
»Das waren aber die Zahlen von 9:45 Uhr heute morgen. Um 12 Uhr mittags sah es so aus: 51 Prozent der gleichen Befragten waren FÜR ein Tempolimit.«

Söder:
»Das versteh ich gut. Informieren Sie die Presse: Der ADFTC ist FÜR ein Tempolimit.«

Geschäftsführer Tempo:
»Moment. Dummerweise gibt es nun die neuen Zahlen von heute Nachmittag. Die besagen, dass wieder 51 Prozent GEGEN ein Tempolimit sind.«

Söder:
»Herrschaftszeiten, wer ist denn dieses eine Prozent? Also, ganz aktuell: Wir sind GEGEN ein Tempolimit.«

Geschäftsführer Tempo:
»Ist das nicht zu riskant? Eine neue Umfrage startet um 21 Uhr.«
Söder:
»Also, Pressemeldung: Der ADFTC ist für ein Tempolimit, wenn sich die Mehrheit dafür entscheidet. Wenn die Mehrheit dagegen ist, sind wir auch dagegen. So hat das mit den Bienen auch funktioniert. Guten Abend, meine Herren.«

Berlin. Pergamon-Museum, Abend

Es ist eine Szene wie aus einem James-Bond-Film. In einer langen Schlange fahren 118 schwer beladene LKWs auf das Pergamon-Museum zu. In den vielen tausend Kisten auf den Ladeflächen befinden sich wertvolle Kulturgüter aus aller Welt. Beutekunst.
Auf französische Initiative hin wurden in den letzten Jahren sämtliche Stücke, die jemals aus den Kolonien erbeutet wurden, sang- und klanglos an die Herkunftsländer zurückgegeben.
Der deutsche Kulturminister Björn Höcke (AfD) hält eine Rede. Er steht zwischen den hohen Säulen, dramatisch erhellt vom Schein der Fackeln, die die *Jung-AfD* in die Höhe hält. Höcke trägt eine historische Tropenuniform:
»All das war und ist deutscher Kulturbesitz. Es ist endlich die Zeit überwunden, in der unsere Ausstellungsräume leer standen wie Fabrikhallen. Warum? Weil meine Vor-

gänger meinten, die rechtmäßig erworbenen Schätze irgendwelchen afrikanischen Übergangsherrschern in den unersättlichen Rachen schmeißen zu müssen. Um es deutlich zu sagen: Beutekunst ist Beutekunst, und MUSS an die Herkunftsländer zurückgegeben werden. Aber DAS: Ist keine Beutekunst! Es sind Stücke, die uns lieb geworden sind. Stücke, aus denen unsere Kinder sehr viel über die Welt lernen können. Und vor allem Stücke, die rechtmäßig erworben wurden: Als Souvenirs. Und als mit deutschen Verträgen gekaufte Ware. Und um diese Verträge waren die Neger froh, weil sie bis dahin überhaupt nicht wussten, was Verträge sind.
Und damit begrüße ich unsere Kunst aufs Herzlichste wieder in Berlin. Schwester Nofretete und Ihr alle: Herzlich willkommen zuhause!«

Ein einstündiger Trommelwirbel begleitet den Transport der unzähligen, schweren Kisten in das Innere des Museums.

Live vom Nürnberger Christkindlesmarkt

Eine Reporterin steht eingezwängt zwischen den Besuchern des Nürnberger Christkindlesmarktes.

Reporterin:

»Ich berichte nun schon seit vielen Jahren vom Nürnberger Christkindlesmarkt. Er wurde ja wegen des für morgen angekündigten Weltuntergangs vorgezogen auf Oktober und heute ist der letzte Tag. Ich kann nur sagen: So viele begeisterte Gesichter habe ich noch nie gesehen. Wir sind hier in der Budenstraße *Beim Kaschperla*. Fragen wir mal nach.«

Sie zwängt sich durch die Menschen, um an die Würstlbude zu kommen. Sie hält dem Budenbesitzer das Mikrofon unter die Nase. Der spricht mit heiserer Stimme in die Kamera:

»Das hätt ma viel früher solln machen. Sechs Wochen im Herbst den Christkindlesmarkt, des war subba, soviel Geld hamma noch nie umgsetzt hier aufm Markt. Die Bürokratie hatt uns jahrzehntelang das Gschäft kaputt gmacht. Der Dezember war ja vorbei an Weihnachten. Und jetzt, jetzt ist morgen alles aus.«

Ein älterer Glatzkopf drängt sich vor die Kamera:

»Wenigstens gibt's keine Inder mehr als Christkindl. Deutsche müssen des sei.«

Ein älterer Mann mit grauem Pferdezopf schiebt sich daneben:

»Das war ewig her, 2019. Und die war in Franken geboren, Du! Außerdem: Wenn Ihr schon auf Arier stehts, die Inder sind die arischsten Arier, die es gibt, aber das kapierts Ihr net, Ihr Dumpfbacken, Ihr bleeden.«

Der Glatzkopf legt seinen Kopf zurück und stößt ihn blitzschnell nach vorne, mit der Stirn auf die Nase des Pferdezopfes. Der bricht mit verdrehten Augen sofort zusammen.

Die Reporterin kämpft sich ihren Platz vor der Kamera zurück und verbreitet weiterhin gute Laune:

»Das ist klar, das kommt vor: Weihnachten bringt die

Gemüter in Wallung. Aber das geht schnell wieder vorbei.«

Sie drückt dem Glatzkopf eine Tasse Glühwein in die Hand.

»Prost, der Herr! *(zum Publikum)* Und wir gehen jetzt zum Präsidenten, der ist ganz glückselig und seit 5 Minuten fertig mit dem Geldzählen.«

Baby-Flohmarkt abgesagt

Die WhatsApp-Gruppe »Baby-Flohmarkt Nördlinger Ries« ist am Vorabend der Katastrophe so aktiv wie nie.

»Verschiebung Baby-Flohmarkt auf 1. Dezember. Angie ist krank.»

»Morgen wäre schon gut, es ist doch Walfang«

»???«

»Wieso bist du morgen auf Walfang?«

»Scheiß automatische Verbesserung. Ich meinte Walfang«

»Komme hier grad dazu. Was sind Walfang-Baby-Klamotten?«

»NEIN! Ich meinte Walfang. Hilfe, wie stell ich das aus?«

»Sie meint Weltuntergang, oder?«

»Ja genau: Walfang. aaahhh«

»Ok, also Samstag ist mein Mann beim Fußball, da kann ich nicht weg«

»Dein Mann ist am Samstag nicht beim Fussball!«

»Wieso?«

»Da ist Walfang.«
»Sie meint Weltuntergang.«
»Nehmt ihr auch Socken, wenn eine Socke fehlt?«
»Nein«
»Nein«
»Nein«
»Frag Valerie, deren Sohn hat doch nur einen Fuß.«
»Der Sohn von Valerie ist 21. Das war ein Motorradunfall.«
»Wie machen wirs nun?«
»Bin weg, mein Baby schreit.«
»Wir könnten uns ja treffen, wenn morgen der Walfang ist.«
»Weltuntergang! Hey, eines noch. Ich find euch alle so scheiße. Und das war schon immer so. Tschüss.«
»Was meint sie?«
»Weiß nicht, das ist die Auto-Korrektur.«

WhatsApp-Gruppe »Baby-Flohmarkt«

»Wir müssen den Termin verlegen.
Morgen ist doch Walfang.«

»???«

»Das ist die Auto-Korrektur,
sie meint Weltuntergang.«

»Ok. Wie wäre
es mit übermorgen?«

USA. Streit um Wiederbelebungen

Zwei Fälle, in denen auf illegale Weise durch menschliche DNA prominente Amerikaner wiederbelebt wurden, beherrschen die Talk-Shows. Das Labor in Boston, in dem geheim daran gearbeitet wurde, ist geschlossen. Die Betreiber sind verhaftet, aber sie schweigen.
Der Moderator schaltet eine Expertin vor Ort zu sich in die Sendung. Blaulichter und Absperrbänder sind im Hintergrund zu sehen. Man ist live verbunden.
Der Moderator:
»Jackie, wie siehts aus?«
»Hi, Dean. Was man weiß, ist: Zwei prominente Personen wurden in diesem Labor aus einer alten DNA hergestellt. Anscheinend ist das gelungen.«
»Jackie, weißt Du, wer diese Prominenten sind?«
»Dean, das weiß man inzwischen sehr genau. Einer ist hinter dem Labor im Müll gefunden worden. Es ist Stephen Hawking.«
»Lebt er? Geht's ihm gut?«
»Er lebt, es geht ihm den Umständen entsprechend gut. Aber der Polizist, der ihn gefunden hat, sagt, er ist völlig desorientiert.«
»Jackie. Stephen Hawking, ein Mann, der uns vielleicht so wenige Stunden vor der Katastrophe noch retten könnte. Wieso im Müll?«
»Dean, das wird noch ermittelt. Aber man nimmt an, dass ein Fehler passiert ist. Der Stephen Hawking, der jetzt gefunden wurde, kann gehen, er ist körperlich total fit.

Hier haben die illegalen Experten wohl Mist gebaut. Und haben ihn dann weggeworfen.«

»Ok. Jackie. Der zweite Mensch. Wer ist das?«

»Dean, das war offenbar Donald Trump. Der 45. Präsident der Vereinigten Staaten von Amerika.«

»Ist er schon vernommen? Wird ein wiederbelebter, ehemaliger Präsident überhaupt vernommen? Was passiert jetzt?«

»Er ist noch nicht gefunden. Anscheinend ist er auf der Flucht. Es hat sich eine Familie gemeldet, die gesagt hat, er hätte bei Ihnen geklingelt und wäre kurz im Haus gewesen. Allerdings sind das junge Leute, die haben ihn nicht erkannt, beziehungsweise ihm nicht geglaubt.«

»Jackie, warum ist man sich sicher, dass es Donald ist?«

»Er twittert.«

»Was passiert jetzt, Jackie?«

»Nun, das FBI sendet unentwegt Bilder von jungen Frauen an sein Telefon, mit dem Text: ›Fass mir an den Arsch, Daddy.‹ Sie sind sich sicher, ihn in den nächsten Stunden damit zu ergreifen.«

»Jackie, wir bleiben dran. Soviel live aus Boston.«

Münchner Oper. Kulturskandal

Ein Teil des Münchner Opernpublikums brachte eine Aufführung des Münchner Komponisten Karl Amadeus Hartmann zum Abbruch. Es handelte sich um die Oper *Simplicius Simplicissimus* des 1963 verstorbenen Komponisten. Der »Verband zur Prüfung, Verfolgung und Verhinderung von unkorrekten Kunstproduktionen« hatte insgeheim den Protest, der zum Abbruch führte, vorbereitet und inszeniert.

An der Stelle der Oper, in der der Einsiedler den jungen Simplicius frägt, ob er denn beten könne, kam es zum Eklat. Simplicius schreit das *Vater unser* heraus, allerdings in seiner persönlichen Fassung:

»Unser lieber Vater, der du bist im Himmel,
heilig werde Nam, zu kommes in dein Reich,
dein Wille schee im Himmel, also nicht auf Erden.
Gib uns auch Schuld und führ uns
nicht in ein Versuchung, erlös uns von dem Reich,
und dein sei die Kraft und die Herrlichkeit in Ewigkeit. Amen!«

Diese Veräppelei des *Vater unser* im Libretto nahm die selbsternannte Kulturpolizei zum Anlass, um die Opernaufführung abzubrechen.

Die Befragungen der Protestierer ergaben einen starken Bezug zur rechten Szene.

Die Oper gilt als ein Antikriegsstück mit humanitärer Botschaft. Karl Amadeus Hartmann komponierte es 1934, aber vergrub es in seinem Garten bis zum Ende des Zweiten Weltkrieges. Erst 1948 wurde es aufgeführt.

Braunschweig.
Seniorenheim »Bald heim«

Das Ehepaar von Sturm besucht den Großvater, der an Alzheimer leidet. Sie fahren mit dem Lift in den zweiten Stock.

SIE

»Hallo, Opa.«

ER

»Hallo, Opa.«

Opa

»Schön.«

SIE

»Opa, hast Du heute Mittag schön gegessen?«

Der Großvater schweigt und schaut die beiden an.

ER

»Das weiß er nicht mehr. Du musst ihn was fragen, was weiter zurückliegt, daran erinnert er sich.«

SIE

(zischt zurück) »Soll ich ihn fragen, was er im Krieg gegessen hat, wenn es um sein Essen geht?«

ER

»Opa war nie im Krieg.«

Opa

»Schön.«

ER

»Opa, wir müssen Dir was sagen. Wir werden uns nicht wiedersehen. Morgen geht die Welt unter.«

SIE

»Opa, du musst mehr trinken. Der Opa trinkt zu wenig.«

Sie reicht ihm eine Schnabeltasse, er trinkt.

ER

»Wir haben ja früher oft über die Klimakatastrophe diskutiert. Jetzt ist es soweit. Das war auch Eure Generation, die uns das eingebrockt hat.«

SIE

»Hör auf damit. – Opa, magst Du einen Kaffee?«

Opa

»Nein. Keinen Kaffee. Wir sind gerannt. Mit ihm.«

Der Großvater deutet auf seinen Sohn.

ER

»Opa, es ist aus jetzt. Morgen um diese Zeit sind wir nicht mehr da. Alle Menschen sind weg.«

Opa

»Allein. Bin ich allein?«

SIE

»Nein, Opa, wir sind da.«

ER

»Erzähl ihm keinen Mist. Opa, niemand ist dann mehr da. Sie nicht, ich nicht, Du nicht.«

Opa

»Kaffee nicht.«

SIE

»Doch, Opa, einen Kaffee kannst noch haben.«

ER

»Heute ja, Opa. Morgen, nein.«

Opa

»Keinen Kaffee. Gerannt. Das World Trade Center, erst eins, dann zwei. Rums. Rums. Wir wollten Kaffee trinken. Aber gerannt. Nur noch gerannt.«

SIE

»Ja, Opa, ich weiß. An 9/11 warst Du in New York.«

ER

Seine alten Geschichten, das weiß er natürlich noch.

Opa

»Alle tot.«

ER

»Und morgen auch. Alle tot.«

Opa

»Nein.«

ER

»Doch.«

Opa

»New York, alle tot.«

ER

»Opa, wegen morgen: Dass Du Dich nicht wunderst, wenn wir uns morgen nicht sehen.«

SIE

»Hör mal auf damit. – Opa, wir kommen wieder.«

Opa

»Ja, wieder. Wiedersehen.«

ER

»Opa, auf Wiedersehen.«

Sie stehen auf, umarmen den Großvater ein letztes Mal und gehen. Als sie bei der Tür sind, dreht sie sich noch einmal um, um zu winken. Der Großvater winkt sie zu sich. Sie beugt sich zu ihm hinab.

Opa

»Du musst laufen. Laufen. Laufen. Die anderen tot,
Du nicht.«

Der Großvater strahlt sie an. Sicherlich denkt er, er hat ihr einen guten Tipp gegeben, um zu überleben.

Oder er denkt an etwas ganz anderes, was ihn fröhlich macht. Man weiß es nicht. Aber es ist auch egal.

Sie winkt noch einmal und schließt im Gehen die Tür hinter sich.

Aschaffenburg. 2ter Stock irgendwo

Stefan Glonig hat es geschafft! Er hat bei einer Auktion eine der begehrtesten Schallplatten der Musikgeschichte ersteigert: »The Beatles – Yesterday and Today«, im Originalcover.

Alles, was er je hatte, hat er dafür investiert:
187.000 Euro.

Es ist für Stefan Glonig der schönste Tag in seinem Leben, denn für ihn ist ein Traum in Erfüllung gegangen. Natürlich kennt er alle Details über diese Langspielplatte: Sie ist 1966 erschienen und die neunte LP der Beatles. Die Vorgänger-LP war *Rubber Soul*. Auf der LP sind schon auf der Vorderseite die großen Klassiker aufgenommen: *Yesterday, Nowhere Man, Drive my car.* Usw.

Der unfassbare Preis für diese Schallplatte liegt daran,

dass die Außenhülle nach sehr kurzer Zeit eingestampft wurde. Auf dem nachfolgenden Cover (mit der gleichen Platte innen) sind die vier Musiker im braven Sakko zu sehen. Aber auf dem absurd teuren ersten Cover tragen sie blutverschmierte Metzgerkittel und halten Torsos, abgetrennte Beine und Köpfe von Babypuppen im Arm. Paul McCartney hing sehr an dem Cover, weil er meinte, es sei der richtige Kommentar der Beatles zum Vietnamkrieg. Stefan Glonig jagte dieser Platte mit dem seltenen Cover seit Jahrzehnten hinterher. Jetzt hat er sie – aber noch nicht in den eigenen Händen.
Morgen geht die Welt unter, bis dahin will er sie bei sich haben. Er bestellt den Super-Express-Zustelldienst. Der Beatles-Fan hievt seine 160 Kilogramm Körpergewicht in die Höhe, dreht *Nowhere Man* auf Höchstlautstärke, öffnet das Fenster, schleudert seine wulstigen Arme in die Höhe und schreit hinaus:
»YES!!!«

Oldenburg. Evangelische Kirchengemeinde

»Wenn ich wüsste, dass morgen die Welt unterginge, würde ich heute ein Apfelbäumchen pflanzen.« Mit diesem Ausspruch von Martin Luther beginnt der Pastor seine Ansprache. In der Kirche sind hunderte von jungen Apfelbäumchen aufgestellt, die im Anschluss an die Feierlichkeit draußen gepflanzt werden sollen. Es ist vorgesehen, dass jede Familie der Gemeinde ein Apfelbäumchen erhält.

Am Ende des Gebets gibt es eine Wortmeldung:

»Wissen wir denn, welche Sorte Apfelbaum Martin Luther gemeint hat? Boskop? Elstar? Irgendwas zu pflanzen macht doch keinen Sinn.«

Ein anderer:

»Luther sprach von EINEM Apfelbäumchen. Wir setzen uns doch über sein Wort hinweg, wenn wir nun hunderte pflanzen!«

»Wie sicher ist es denn, dass Luther mit morgen auch das wirkliche morgen gemeint hat. Vor über 500 Jahren war das doch mit der Zeitrechnung noch nicht so genau, oder?«

»Und wisst Ihr: Der Spruch ist erst seit 1944 überliefert. Kein Mensch weiß, ob und was Luther wirklich gesagt hat.«

»Wer kümmert sich um die Apfelbäume, wenn morgen die Welt untergeht?«

Die Diskussionen ziehen sich endlos hin. Am Ende werden die Apfelbäumchen nicht gepflanzt. Sie werden auf einen Haufen geschmissen und angezündet.

Der Pfarrer leitet die Andacht ein mit den Worten:

»Und so sprach Luther: Wenn ich wüsste, dass morgen die Welt unterginge, würde ich heute ein großes Feuer entzünden.«

Luther:

»Wenn ich wüsste, dass morgen die Welt unterginge, würde ich heute ein Apfelbäumchen pflanzen.«

Verzweifelte Zuschrift an die evangelische Gemeinde:
»Aber welche Sorte: Boskop, Elstar, Braeburn, Delicious?«

Weltnachrichten

Die Weltnachrichten präsentieren nur noch Zahlen. Es ist ein undurchsichtiger Dschungel von Temperaturen, Sauerstoffgehalt, Meeresspiegel, CO_2-Werten und Ozonschwankungen. Es kommt zu Verwechslungen von Celsius und Fahrenheit.
Nichts spricht für eine Entwarnung. Die Kohlendioxidwerte steigen, die Ozeane auch. Aber noch kann man überall atmen.
Das letzte Wort des Nachrichtensprechers:
»Durchatmen!«

Expertenrunde im Radio

Der Radiomoderator kann sich vor Anrufen kaum retten. Die Menschen sind in Panik. Ratlos. Eine Frage treibt sie besonders um: »*Wie* wird es passieren?«
Ein Umweltaktivist, ein Arzt und eine Politikerin sitzen im Radiostudio um einen Tisch, um die Fragen der Hörer zu beantworten.

Die Politikerin:
»Also, nach allem was uns bekannt ist, wird die Welt ihren natürlichen Lebensraum für immer verlieren. Das ist meines Wissens morgen um 17:25 Uhr. Menschliches Überleben scheint nach wissenschaftlichen Maßstäben nicht möglich«.

Der Moderator:
»Das hilft unsrem Hörer jetzt nicht weiter, der wissen wollte, wie es passieren wird.«
Der Arzt:
»Also, es wird mit Sicherheit wehtun. Wie lange sich das dann hinziehen wird, weiß niemand. Aber es wird nicht schnell gehen. Aber die ganze Ärzteschaft ist in Bereitschaft. Es wird also Hilfe geben.«
Der Umweltaktivist:
»Wenn es gerecht zugehen wird, wird sich die Natur so lange Zeit lassen, wie wir sie zerstört haben.«
Die Politikerin:
»Ich habe NIE die Natur zerstört.«
Der Umweltaktivist:
»Hahaha, Sie sind Auto gefahren, sie haben Tiere gegessen, sie haben zur Zerstörung also genauso beigetragen wie alle anderen.«
Die Politikerin:
»Entschuldigung, dass ich gelebt habe.«
Der Arzt:
»Was uns bekannt ist, dass der Sauerstoffgehalt der Luft extrem, und vor allem extrem schnell nachlassen wird.«
Der Moderator:
»Dann ersticken wir also?«
Die Politikerin:
»Um Gotteswillen.«
Der Umweltaktivist:
»Das geschieht uns recht. Die Natur holt sich den Sauerstoff zurück.«

Der Arzt:
»Soll ich das jetzt schildern, wie es ist zu ersticken?«
Die Politikerin:
»Nein.«
Der Umweltaktivist:
»Bitte bis ins Detail.«
Der Moderator:
»Was können wir tun?«
Der Arzt:
»Ganz wichtig: Keine Panik. Wer Panik hat, stirbt, noch bevor die echte Katastrophe da ist. Und tun Sie was Schönes.«
Der Moderator:
»Das war ein wunderbares Schlusswort: Tun Sie was Schönes, hören Sie Radio. Bis Morgen, ciao, au revoir, bye bye.«
Die Nationalhymne wird gespielt.

Der letzte Tag auf der Welt geht seinem Ende entgegen.
In Deutschland ist es Nacht.
Menschen weinen.
Menschen streiten.
Menschen saufen und feiern.

Menschen holen die Polizei, weil Menschen in der Nachbarschaft weinen, streiten, saufen und feiern.
Eine Nacht wie eh und je.

2. Kapitel

NOCH 3 STUNDEN

Mannheim. Hochhaus

Ein Aushang im Lift. Der maschinengeschriebene Zettel hängt direkt neben dem Alarmrufknopf:

„Die Meldezentrale ist am 8. Nov. ab 15 Uhr nicht mehr erreichbar. Falls es ab 17:24 zu Problemen mit der Aufzugtechnik kommen sollte, bitten wir Sie um Geduld."

Media Markt

»Nur noch 4.000 Stück. Frost ist geil.« Darunter ein Bild des Gerätes. Auf allen Kanälen ploppt diese Werbung auf: Ein »Deepfrost Future« wird angepriesen – nichts anderes als ein altbackenes Tiefkühlgerät. Die Tür steht offen, Kältenebel strömt heraus. Durch den Eisnebel ist deutlich eine bequeme Sitzgarnitur zu erkennen. Ein prominenter Komiker, als Alfred Einstein verkleidet, hüpft ins Bild:

»Hey Leute, man kanns von innen öffnen. Hey, machts nicht zu früh! Das Gerät kühlt Dich runter, haltbar für 400 Jahre. Dann sehn wir ja, ob die Welt weg ist, oder nicht. *(zwinker, zwinker zum virtuellen Zuseher).* Hätte ich, Alfred Einstein, dieses Teil gehabt, dann würde hier heute nichts untergehen. *(im Video dreht er sich um und schreit einem Verkäufer zu)* Hey, pack mir mal hundert ein.«

IS media office

Im syrisch-irakischen Grenzgebiet steht Vanessa. Sie ist die Witwe des IS-Kämpfers Abou Ali, dann die Witwe des IS-Kämpfers Abou Abou Talha, dann die Witwe des IS-Kämpfers Abou Ibn Cheiki, dann die Witwe des IS-Kämpfers Abou Urti Aalfad, dann die Witwe des IS-Kämpfers Abou Harbi, dann die Witwe des IS-Kämpfers Abou Dibb, dann die Witwe des IS-Kämpfers Abou al-Fil. Sie war als 15jährige als IS-Braut nach Syrien gegangen und hat inzwischen neun Kinder. Sie stammt aus Magdeburg.

»Der Islamische Staat hat gesiegt. Heute vernichtet Allah die Welt der Ungläubigen, möge Allah ihnen gnädig sein. Allahu akbar.«

Hamburg.
Google Deutschland-Zentrale

Herrentoilette. Der noble Toilettenraum ist überfüllt mit Männern. Der Director höchstpersönlich stürmt herein. Er ist außer sich. Alle 20 Sekunden sprühen vier Düsen an der Decke intensive Raumdüfte über die Gruppe.

Director:

»Was ist das für eine Scheiße. Wir machen live den Weltuntergang, aber nichts funktioniert, weil einer kotzt, der andere kokst noch schnell am Klo, der nächste hat Dünnschiss.«

Sound Ingenieur:
»Boss, wir würden gerne. Aber die Toiletten sind belegt.«
Director:
»Dann spurten Sie an die Arbeit, Sie Arschloch.«
Der **Director** klopft an die verschlossene Tür. Er brüllt:
»Wenn Sie nicht in 10 Sekunden hier draußen sind, bringe ich Ihnen Windeln und ziehen sie Ihnen selbst an. Und das wird kein Spaß, fragen Sie meinen Sohn.«
IT-Designer:
»Chef, die vögeln.«
Director:
»Wer?«
IT-Designer:
»Die Chefin.«
Director:
»Welche Chefin?«
Sound Ingenieur:
»Chefin Google Germany.«
Director:
»Und warum nicht mit mir?«
IT-Designer:
»Mit der vom Empfang.«
Director:
»Zwei Frauen? In unserer Herrentoilette. Drei Stunden vor Weltuntergang?«
Er brüllt die Männer an:
»Sie Oberarschgeigen, Sie blöden. Und warum filmt das keiner?«

Chief of Webdesign:
»Äh, Chef, das machen die beiden selber.«
Der Director stürmt schreiend raus.
Director:
»Wer hier nicht vögelt, mir nach! In 30 Sekunden steht der Web-Auftritt!«

Edelrestaurant, Frankfurt am Main

Ein prominenter Bauunternehmer betritt mit seiner Frau das Lokal. Es ist proppenvoll. Sie bekommen ihren Stammplatz zugewiesen, der Restaurantleiter begrüßt sie persönlich.
Der Bauunternehmer:
»Na, Paule, auf der Titanic haben auch paar überlebt. Wird schon nicht so schlimm kommen, haha.«
Der Restaurantleiter beugt sich zu ihm und sprich ihm leise ins Ohr:
»Unter uns. Wir haben 100 Kilo Hummer für morgen bestellt. Und 800 Flaschen Schampus. Wir richten uns auf eine große Party morgen ein. ›One die, one live‹.«
Der Bauunternehmer:
»Wir sind dabei.«
Der Restaurantleiter zieht ein trauriges Gesicht:
»Nur heute ist es noch etwas ... Die sind alle in Panik. Verrückte. Also, verehrte Dame, leider ist heute bereits aus: Laktosefreies, Hühnereiweißfreies, Histaminverträgliches, Nussloses, Kautschukhaltiges.«

Der Bauunternehmer:

»Kautschukhaltiges. Also, Schatzi, Pariser sind aus, hahaha.«

Der Restaurantleiter:

»Wir haben noch Akazien-, Ampfer-, Avocado- und Ascorbinsäurehaltiges. Rate ich aber ab. Fructosefreies ist auch aus. Wir können aber anbieten: Platin-Nudeln auf Smaragdschaum, *(flüstert)* für einen sensationellen Preis. Der Chef macht das heute für 78.000 Euro. Wär das was?«

Bauunternehmer:

»Her damit. Wir fressen heute nur das Beste!«

Aus dem Weltuntergangs-Menü

Platin-Nudeln
auf Smaragdschaum,

für 2 Personen
Je Person 78.000 €

Berlin. Skandal bei Pressekonferenz

Der Minister für People-Feeding, Jens Spahn, spricht:

»Abgesehen davon, dass ich Ihnen alles Gute wünsche für die nächsten Stunden: Mich erinnert das an die Zeit, als ich noch für die Pharma-Industrie arbeitete. Mein Motto: ›Egal, was passiert, wir haben was für Sie!‹ Zum Thema: Der Bundesregierung liegen Beweise vor, dass es im gesamten Bundesgebiet zum Handel mit Lebensmittelzusatzstoffen gekommen ist. Es handelt sich hier um – wenn man es mit den veralteten Begriffen ausdrücken will – Tomaten, Gurken, Kartoffeln, zum Teil Reis und Gelbe Rüben respektive Karotten, Zucker. Die Bundesregierung warnt eindringlich vor dem Erwerb und der Verkostung dieser Ware. Handel und Erwerb solcherlei Waren sind illegal. Die Speisemittelzuteilung wird zentral und streng kontrolliert über die Bundesbehörden geregelt. Jedes Zuwiderhandeln wird verfolgt. Alleine der Besitz von sogenanntem ›echtem Fleisch‹ ist gesetzeswidrig. Die Details können auf unserer Homepage genau nachgelesen werden. All die unter dem Begriff Lebensmittel genannten Artikel können schwere körperliche Schäden nach sich ziehen. Hiermit endet die letzte Pressekonferenz der Bundesregierung. Weitere Fragen werden Ihnen die Kollegen von Monsanto beantworten.«

An dieser Stelle versäumten es die Medientechniker, das Mikrofon von Minister Jens auszuschalten. Jeder Zuschauer konnte deutlich die Worte hören, die Jens Spahn seinen Mitarbeitern zuflüsterte: »Habt Ihr den Burger? Mit Käse?«

Berlin. Synagoge

Die Synagoge brennt lichterloh. Ein AfD-Landesminister gibt eine *spontane* Pressekonferenz vor den Löscharbeiten.

Bernhard Ruhlke, AfD:

»Falls menschliches Leben gefährdet wurde, so verurteilen wir diese Attacke auf das mosaische Haus. Die Einsatzkräfte sprechen ja von einem Brand-Drohnen-Angriff. Wir können das zu diesem Zeitpunkt nicht beurteilen. Aber man muss gerade an diesem heutigen Datum wohl fragen dürfen: WER steckt hinter dem heutigen Szenario des Weltuntergangs? Wer arbeitet, unbesehen von der Öffentlichkeit, seit mehr als hundert Jahren an der totalen Macht über die gesamte Menschheit? Daher meine Frage vor diesem brennenden Haus: WER ist tatsächlich schuld an diesen Zuständen? Und da gibt es eine Antwort, auch wenn einige, die auf dem jüdischen Auge blind sind, jetzt aufschreien.«

Fast gleichzeitig zu den ersten Meldungen über den Brand, kommt es zu Überfällen auf jüdische Familien oder solche, die dafür gehalten werden. Dem Aufruf rechter Gruppierungen zu Demonstrationen »Gegen Hebräergetue« folgen tausende von Menschen.

Skandiert wird der Spruch:

»Untergang Euretwegen.
Hakennasen, Gas wird's geben.«

Letzter Live-Auftritt Mario Barth

Die Bewohner von Lüdenscheid haben vor drei Wochen für dieses Event freiwillig ihre Stadt verlassen. Gegenleistung: 2 Freikarten. In Rekordzeit wurden die Lüdenscheider Gebäude dem Erdboden gleichgemacht und eine Joke-Arena errichtet, in der 4 Millionen Menschen Platz haben. Der letzte Auftritt drei Stunden vor dem Untergang läuft aus dem Ruder. Mario Barth kommt auf die Bühne und sagt: »Weltuntergang. Boah eye, schlimm, sagen viele. Hey, nein. Für alle Weiber, die im STURM erobert werden wollen: Jetzt bitte rausgehen.«
Der Witz zündet noch nicht.
Der Profi legt nach:
»Hey, Sturm. Da draußen ist jetzt Sturm. Rausgehen, Weiber. Weltuntergang.«
180.000 Menschen fallen vor Begeisterung in Ohnmacht. Daraufhin erklimmen x-tausende die Bühne, heben Mario Barth auf ihre Schultern und tragen ihn hinaus.
Ein Chor aus Hunderttausenden schreit:
»Mario, Mario! Rette die Welt!«

Pulau Buro,
Insel im indonesischen Meer

Die Kannibalen feiern und tanzen wild um ein Feuer herum. Ein großer Spieß mit Resten von Gegrilltem liegt abseits. Der holländische Ethnologe fehlt.

Einer der Kannibalen liegt mit schmerzverzerrtem Gesicht neben dem Feuer, hingebreitet auf einem Bett aus Bananenblättern. Zwei der Kannibalen unterhalten sich über den Kranken. Sie sprechen im Kauderwelsch:
»Was hat er denn?«
»Bauchi-aua-aua.«
»Nederlanda?«
Der andere nickt zustimmend:
»Nederlanda.«
Offenbar ist dem kranken Kannibalen der Ethnologe nicht bekommen. Ein wild verkleideter Medizinmann kniet neben dem Kranken und will ihm mit einem großen, stumpfen Messer gerade den Bauch aufschneiden. Mit weit aufgerissenen Augen bäumt sich der Kranke auf, da ertönt aus seinem Inneren:
»Always look on the bright side of life.« Der berühmteste Song aus Monthy Pythons Das *Leben des Brian*. Es ist der Klingelton des iPhones, das dem Holländer gehört und zusammen mit holländischem Bauchspeck, Knochen, Schinken und allem anderen mitgegrillt wurde.
Der Ton wird immer lauter, woraufhin sämtliche Kannibalen in den Urwald fliehen.

Im letzten Blick zurück ist der Medizinmann im Feuerschein zu erkennen, wie er mit einem schnellen Schnitt den Bauch des Kranken öffnet und blitzschnell das iPhone greift. Er drückt einen Knopf am Display und spricht hinein:
»Hallo. Komm her Du. Brauchen wir Nachspeise.«

Historische TV-Kanäle mit hohen Einschaltquoten

Auf den historischen TV-Kanälen beginnt die beliebte Sendung »Dinner for One«.

Ebay. Die Tränen Greta Thunbergs

Bei Ebay wird ein Tränen-Fläschchen verkauft, das angeblich Greta Thunbergs Tränenflüssigkeit enthält. Die Tränen sollen aus der Rede Gretas vor dem UN-Klimagipfel 2019 in New York stammen.
Die Ebay-Überschrift:
»Halber Milliliter Greta-Tränen. Der emotionalste Moment der Weltgeschichte, festgehalten in diesem Fläschchen.«
Der letzte Gebot liegt bei 105 Millionen US-Dollar.

Stau am Brennerpass

Der legendäre Bergsteiger Reinhold Messner hält eine Pressekonferenz mitten auf der Brenner-Autobahn. Er sitzt in einem kleinen, roten Expeditionszelt, das übersät ist mit unzähligen Werbeaufdrucken.
Reinhold Messner ist inzwischen 93 Jahre alt. Markus Lanz interviewt ihn, neben Reinhold Messner sitzt sein Sohn.

Markus Lanz:
»17:25 Uhr. Dann ist alles aus. Wie ist das für Sie?«

Reinhold Messner:
»Die Zeit ist eine Erfindung von Menschen. Es gibt sie nicht. Meine Mutter schrie nie vom Balkon: ›Buben kommt heim, es ist 18 Uhr.‹ Sie hat geschrien: ›Essen!‹ Das ist das Wesentliche.«

Markus Lanz:
»Wo genau geht es hin, wenn Sie mit Ihrem Sohn zusammen gleich aus diesem Zelt aufbrechen?«

Reinhold Messner:
»Es hängt davon ab, wieviel Verkehr auf der Brenner-Autobahn ist. Aber ich bin sicher, wir sind die einzigen mit einem Hundeschlitten auf der Straße.«

Markus Lanz:
»Sie wollen beweisen, dass der Mensch auch ohne Sauerstoff überleben kann. Am Brenner?«

Reinhold Messner:
»Ich war ohne Sauerstoff im Himalaya und habe dort bewiesen, dass man trotzdem Höchstleistungen erbringen kann.

Markus Lanz:

»Der Messner war immer solo unterwegs. Jetzt nehmen Sie Ihren Sohn mit. Was ist, wenn um 17:25 Uhr doch die Luft ausgeht?«

Reinhold Messner:

»Früher hätte ich meinen Sohn natürlich nicht mitgenommen. Zum Nanga Parbat zum Beispiel. Da war er auch noch nicht auf der Welt. Physisch. In meinem Bewusstsein schon. Da war immer ein Sohn da. Vielleicht war er auch ein Mädchen. Das verschwimmt in der Todeszone. *Sie* war da und kletterte als *Er* mit mir mit. Darüber ist in meinen Museen gerade eine interessante Ausstellung zu sehen: *Ich und der Weltuntergang und wie die Bergvölker des Himalaya damit umgehen*. Sie läuft bis in den Sommer 2038.«

Deutsche Bank in der Krise

Kurz vor Weltuntergang veröffentlicht die Deutsche Bank den Geschäftsbericht für das vorhergehende Jahr. Erstmalig seit 74 Jahren konnte die Deutsche Bank darin keine kriminellen Machenschaften wie Geldwäsche, Korruption etc. nachweisen.
Der Vorstandsvorsitzende gibt sich empört:

»Wir wissen, dass wir einige kriminelle Sachverhalte mit großen Summen und hoher Professionalität durchgeführt haben, aber können es nicht belegen.

Wer heute behauptet, die Deutsche Bank habe an krimineller Energie verloren, belügt die deutsche Öffentlichkeit.«

Kurz vor Weltuntergang:

Der empörte Vorstandsvorsitzende der Deutschen Bank:

»Wir wissen, dass wir 2036 erneut hochprofessionell kriminell waren! Aber können es leider nicht belegen.
Wer behauptet, die Deutsche Bank habe an krimineller Energie verloren, lügt!«

Umjubeltes TV-Jubiläum

tz-online, München, berichtet: »Was sagte sie zu ihm? Gibt es ein Liebes-Comeback? In der 5.000. Helene-Fischer-Show tauchte überraschend ihr Ex Florian Silbereisen auf. Auch zum 5.000. Mal. Das Publikum war total überrascht. Die beiden lagen sich in den Armen und flüsterten sich Worte zu. Beide hatten Tränen in den Augen.«

Stuttgart. Unternehmensberaterin, privat

Dr. Martina Trunk-Jefferson sitzt spärlich bekleidet an ihrem Küchentisch und wartet auf das Klingeln von »HardyXXL«. Teurer Champagner steht bereit, eiskalt. Plus Eiswürfel, eventuell auch für anderes. Sie träumt von drei Stunden wildem Treiben. Was auch immer danach kommt, ist völlig egal. Hardy ist pünktlich. Aussehen und Auftreten entsprechen zu hundert Prozent den Versprechungen von *Robot-Erotiks* Internetseite.
Sie programmiert seine Sprache um, von Deutsch auf Englisch. Das findet sie erotischer. Es geht los. Das sogenannte Vorspiel hat sie über die *Robot-Erotik*-App auf 2 Stunden eingestellt. »Was für ein Vorteil gegenüber lebenden Männern«, flüstert sie ihm ins Ohr. Das Ende des Vorspiels, und alles was darüber hinaus geht, erreichen die beiden leider nicht. Bei wildem Gefummel *(noch angezogen)* im Wohnzimmer fällt ihr Blick auf die

Kerze. Spontan gefällt ihr die Idee, Hardys Superkörper mit heißem Wachs zu betropfen. Martina hat in diesem Moment längst vergessen, dass »Extras« wie diese vorab einprogrammiert werden müssen. In der langen Litanei ihrer Vorspielträume hat sie »Wachs« nicht ausgewählt. Das bedeutet, dass der künstliche *Hardy* nicht darauf vorbereitet ist. Das heiße Wachs an seinem Hals und Bauch versengt technische Innenteile, die die Hardware lenken. »HardyXXL« wird dadurch komplett lahmgelegt. Mit weit aufgerissenen Augen liegt die Roboterpuppe verkrampft und reichlich unerotisch auf dem Teppich, seine Ohren blinken abwechselnd in Alarm-Rot. Martina will das getrocknete Wachs entfernen, ruft panisch ihre Putzfrau an, die nicht erreichbar ist, aber als einzige wissen könnte, wo der Wachsfleckenentferner deponiert ist. Mit einem Topf kochendem Wasser und einem Waschlappen sitzt Martina auf »HardyXXL« und versucht das Wachs wegzurubbeln. Sie heult.
Ihr bleiben noch knapp zwei Stunden, um ein nie dagewesenes Abenteuer zu erleben.

Flugzeug »ECHO 18«

Die Rapper Kollegah und Farid Bang haben zwei Flugzeuge gechartert, um in der Luft dem Weltuntergang zu entgehen. Für diese lebensrettende Information, wie man dem Ende entgehen könnte, zahlten sie dem weltbesten Verschwörungstheoretiker eine unbekannte Millionensumme.

Die Flugzeuge haben sie nach der ECHO-Preisverleihung 2018 benannt. Die beiden gewannen damals den ECHO, wurden aber hinterher wegen Volksverhetzung angeklagt und zerschmetterten in einem Musik-Video ihre ECHO-Trophäe. Aber nur eine der beiden. Der ECHO wurde damals aufgrund des Skandals abgeschafft.
Im vorderen Luxus-Jet sitzen Kollegah, Farid Bang und die Gang. Im hinteren Flugzeug haben die Bitches, 80 blonde Mädchen, Platz gefunden. Kollegah und Farid Bang planten, 90 weibliche Fans mitzunehmen, reduzierten aber die Anzahl auf 80, da sie in der Pressekonferenz berechneten, dass 90 nicht durch 2 teilbar wäre, und sie Stress unter den beiden Männern vermeiden wollten. Die Menükarte trägt als Überschrift eine Textzeile eines ihrer Songs: »Mache mal wieder ’nen Holocaust – Damit Ihr nicht zu fett werdet, Girls«.
Die Flugzeuge geraten in Schieflage, da die Passagiere beider Flugzeuge an einer Bordseite an den Fenstern hängen. Sie wollen den Beweis sehen, dass die Erde eine Scheibe ist, wie die Rapper behaupten.

Kabarett-Sendung

Die letzte Kabarett-Sendung des deutschen Fernsehens geht zu Ende. »Nuhr und die Nach-unten-Treter« zählt zu den erfolgreichsten Sendungen der letzten Jahre. Unzählige Glückwünsche der Automobilindustrie gingen noch während der Sendung ein. Dieter Nuhr erhielt eine größere Spende der Kohlekraftwerkskonzerne zur Unterstützung seiner Projekte zum Erhalt der filterlosen Emissions-Anlagen. Ein Mann aus dem Publikum überreicht Dieter Nuhr den »Pegida 2037«, eine Plastikfigur, die einen Kreuzfahrer darstellt, der einen Halbmond zertritt. Standing Ovations.

17:23 Uhr.
Ein Hochhaus in Deutschland

Der Pensionär Lukas Schweinskopf hängt einen handgeschriebenen Zettel ins Erdgeschoß. Die Schrift wirkt zittrig:

„Frau Gabi, entfernen Sie umgehend Ihren Kinderwagen aus dem Treppenhaus. Das ist kein Abstellplatz. Hier im Haus kann niemand etwas dafür, dass Sie Kinder haben. Also belästigen Sie uns nicht auch noch im Hausfluhr (mit h) damit. Es ist ein Fluchtweg.

Die Hausgemeinschaft."

Malle. Technoclub

Absperrgitter vor dem Club leiten die wartende Party-jugend in das Innere. Ein riesiger Bildschirm verspricht: »Best World-End-Party« und „Heute noch: Wahl »Miss Mega-Wet World«.
Alle 20 Sekunden kippt aus einem riesigen Eimer, der plötzlich über dem Bildschirm auftaucht, ein Schwall Wasser über die Wartenden. Die Mädchen kreischen, deuten auf ihre Brüste, die sich unter den nassen Shirts abzeichnen, machen Fotos.
Eine **Österreicherin** kreischt:
»Mega.«
Ein Mädchen aus der Schweiz:
»Leute, morgen geht unser Flug schon heim, echt Kacke.«
Die Holländerin:
»Cool down. Das wird heute geil, geil, geil. Gleich geht die Welt unter, da will jeder noch vögeln.«
Die Schweizerin:
»Hab meine Tage.« Sie bricht in heftiges Schluchzen aus.

»Instagram-Sensation«, Heidi Klum schreibt an ihre Fans:

»Aus Anlass wegen dem traurigen Anlass ziehe ich mich heute nicht aus. Oder soll ich?«
Erster Online-Kommentar: »Wahnsinns-Heidi.
Ja, zeig, was du hast. Dein alter Fan, Stefan, 84.«

Heidi Klum, 63 Jahre:

»Soll ich mich nochmal ausziehen?«

»Ja!«

»Was?
Kann mir mal jemand mein Hörgerät geben.«

Schauspieler kündigt Suizid an

Der deutsche Schauspieler Ben Becker, bekannt durch Drogen, Alkohol, Schlägereien und seine Rollen im *Tatort* und als »Tod« im *Jedermann* will nicht auf den Weltuntergang warten:

»Das ist doch die größte Kacke. Wir sitzen hier wie die Lemminge und warten darauf, dass uns die Natur killt. Beziehungsweise der Rest, den wir übrig gelassen haben von ihr. Das mach ich nicht mit. Schon der gute, alte Goethe hat gesagt:
›Gehindertes Glück, gehemmte Tätigkeit, unbefriedigte Wünsche sind nicht Gebrechen einer besonderen Zeit, sondern eines jeden einzelnen Menschen, und es müsste schlimm sein, wenn nicht jeder einmal in seinem Leben eine Epoche haben sollte, wo ihm der *Werther* käme, als wäre er bloß für ihn geschrieben.‹
Leckt mich doch am Arsch. Werther, ich komme.«

FC Bayern – Borussia Dortmund

Vorweg: Das, was einmal die Bundesliga war, ist nicht mehr da. Aber Fußball gibt es noch. Sechs Mannschaften spielen in der ersten League, die alle von Jürgen Klopp trainiert werden. Die anderen scheiterten vor einigen Jahren an den finanziellen Auflagen. Jede Mannschaft darf nur mehr einen einzigen Superspieler haben. Medienuntersuchungen, die sich auf Hirnforschungen stützten,

ergaben, dass sich das Publikum nicht auf mehrere Stars innerhalb einer Mannschaft konzentrieren könne.
Gespielt wird auf kleinen Plätzen ohne Publikum. Das Spielgeschehen und die Zuschauer wurden vor Jahren aus Sicherheitsgründen separiert. Die Fans werden optisch und akustisch um die Spielfläche herum projiziert. Die realen Fans befinden sich in Fan-Arenen, in die hinein das Spielgeschehen projiziert wird.
Die meisten Fans leben in sogenannten »Fan-Cities«, umzäunte Reservate für Fußball-Fans. Die Aufnahme in diese Fußball-Gefängnisse folgt strengen Regeln. Emotionalität und Alkoholverträglichkeit spielen eine große Rolle.
Der Anpfiff für das letzte Spiel der deutschen Fußballwelt ist drei Stunden vor dem anberaumten Weltuntergang. In den Fan-Arenen kommt es zu ersten Ausschreitungen mit Todesopfern. Ausgangspunkt war ein Streit darüber, ob es nach neunzig Minuten zu einer Verlängerung kommt oder nicht.

Bayreuth. Buchverkäufer festgenommen

In einem Antiquariat in der Bayreuther Innenstadt ist der Inhaber festgenommen worden. Die Spurensicherung durchsucht zur Stunde noch den Laden, in dem der Festgenommene alte, gebrauchte Bücher verkauft. Es wurde festgestellt, dass der Buchhändler mindestens fünf Exemplare des Buches »Der »Glöckner von Notre-

Dame« von Victor Hugo verkauft hat. Ihm wird vorgeworfen, vorsätzlich das Buch in der längst verbotenen rassistischen Fassung verkauft zu haben, in der hundertfach das Z.-Wort erscheint. (»Esmeralda wird als ›Zigeunerin‹ bezeichnet.« – Zitat aus dem Polizeibericht). Des Weiteren hat er die Stellen, in denen ein »Z.«-König erwähnt wird, ungeschwärzt gelassen, um sie so weiter zu verkaufen.
Die Käufer sind bisher noch nicht ermittelt. Auch sie erwarten empfindliche Strafen.

17:21 Uhr. Kindergarten in Freiburg

In Freiburg versammeln sich die Eltern des Kindergartens »Traumland« zum Elternabend. Sie nehmen Platz auf den kleinen, bunten Kinderstühlen, die im Kreis aufgestellt sind. Zwei der Frauen weinen *nicht*.
Andere kratzen die Bastelbilder Ihrer Kinder von den Wänden ab.

Frau Stern:

»Wo ist unser UHU? Ich habe der Leonie letzte Woche zwei Tuben UHU mitgegeben. Jetzt ist der weg. Ich gebe ihr den UHU gerne mit, aber ich bin nicht bereit, hier die Unkosten, die eigentlich der Kindergarten zu tragen hat, zu übernehmen.«

Sie fängt an zu weinen. Wird getröstet.

Ihre Freundin **Frau Höllriegel:**
»Sterni, das ist nicht schlimm. Heute geht eh die Welt unter.«
Frau Stern:
»Ich weiß schon. Aber grad zu dem Thema könnt ich morgen mit der Leonie was Schönes basteln.«

3. Kapitel

ES IST 17:24 UHR
NOCH 1 MINUTE

Berliner Flughafen

Pünktlich zum Untergang ploppt um 17:24 Uhr als erste Nachricht auf: *Andi Scheuer im Live-Interview.*
Er ist seit vier Jahren wieder Verkehrsminister und wirkt leicht angetrunken. Im Trachtenanzug steht er vor einer neu erbauten Abflughalle der Berliner Flughafen-Baustelle. Eine verglaste Doppeltüre bewegt sich hinter ihm ständig auf und zu. Alles ist menschenleer. Der Schriftzug »BER« blinkt hinter ihm in die Kamera:
»Wir hätten nur noch sechs Wochen mehr Zeit benötigt. Dann wäre das modernste Tor zur Welt eröffnet worden. Kommens mit.«
(Die Kamera folgt Andi Scheuer auf eine Herrentoilette).
Andi Scheuer stellt sich an eine Toilettenschüssel und uriniert hinein:
»Schauns nur hin. Als Mann musst Du am neuen BER keine Hemmungen mehr haben, im Stehen zu pinkeln. Die Pinkel-Sprinkler säubern nach jedem Toilettengang die Kabine 100 % bakterienfrei. Leider kommt uns der Weltuntergang zuvor.
Aber ich, als deutscher Verkehrsminister, habe entschieden, den Berliner Flughafen JETZT zu eröffnen.«
(Dabei schmeißt er eine Champagnerflasche heftig an eine der verglasten Sicherheitstrennscheiben. Es schrillt ein irrsinniger Alarm los.)
Andi Scheuer grinst in die Kameras:
»Der Berliner Flughafen ist hiermit eröffnet.
Er trägt den Namen SAA, der Scheuer-Andi-Airport!«

Amazon weltweit

Auf jedem denkbaren Bildschirm erscheint weltweit Werbung. »Die 60-Sekunden-Lieferung, nur bei AMAZON: 17:24 und wir enttäuschen Sie nicht. Bestellen Sie jetzt mit *Ultimate Prime Prime* und Sie erhalten Ihre Ware sofort! Noch VOR dem Untergang.«

Bamberg. Autohaus Krummbigl

Das Autohaus Heinrich Krummbigl, genannt *Vollgas-Heini*, legt mit der Werbung nochmal nach:
»Die Schnellsten sind wir. Kratzer im Lack? 1, 2, 3 – erledigt. Nur noch Barzahlung.«

Polizeidienststelle Rosenheim

Die Telefone klingeln durchgehend. Eine der aufgelösten Anruferinnen ist Frau Irmgard Kellner aus dem Landkreis Rosenheim. Sie bewirtschaftet mit ihrem Sohn eine Ausflugs-Alm in den bayerischen Voralpen. Sie flüstert:
»Sie müssen kommen, sofort.«

Der Polizist:

»Melden Sie einen Weltuntergang?«

Irmgard Kellner:

»Nein, aber so was Ähnliches. Eigentlich schlimmer. Bitte, schnell.«

Der Polizist:

»Was ist denn passiert?«

Irmgard Kellner:

»Mein Sohn experimentiert so gern. Und jetzt hat er das ausm Fernsehen gmacht. Diese Wiederherstellung von lebendige Leut, die schon tot waren. Aus dieser, dieser …«

Der Polizist:

»DNA heißt das.«

Irmgard Kellner:

»Genau.«

Der Polizist:

»Und wen hat er da hergestellt.«

Irmgard Kellner:

»Mein' Mo. Der war seit über zehn Jahr tot.«

Der Polizist:

»Freuen Sie sich nicht?«

Irmgard Kellner:

»Geh weida. I war doch froh, dass er hi war. Des war a Säufer. Und plötzlich vor a Viertelstund, da steht er vor mir. Leibhaftig.«

Der Polizist:

»Und was soll die Polizei jetzt machen?«

Irmgard Kellner:

»Kommen! Schnell! Weil es ist ja net nur oana.«

Der Polizist:

»Wie meinen Sie das?«

Irmgard Kellner:

»Mein Sohn kennt sich halt noch nicht so gut aus mit der Technik. Und meinen Mann, den druckt mein Sohn jetzt aus seinem 3D-Drucker aus. Aber nicht nur einen. Mein Sohn hat sich vertippt. Jetzt kommt einer nachm anderen raus aus diesem drecks Drucker. Fünfmal ist er jetzt schon in der Wohnung, mei Mo. Und das hört nicht mehr auf…«

Aus dem Hintergrund hört man mehrere brutale Männerstimmen:

»Ich bring Dich um, Du gscheerts Weib!«

piep

piep

piep

piep

piep

»Hilfe, mein Sohn hat sich auf dem 3D-Drucker vertippt.«

»Was ist passiert?«

»Er hat meinen toten Mann mit diesem DNA-Baukasten wiederhergestellt.
Und jetzt kommt er schon zum zehnten Mal aus dem Drucker.«

Hitler-Doku auf N24

Passend zum Weltuntergang hat die Dokumentation den Titel »Endsieg«. Es wird knapp, die N24-Doku über Hitlers Endsieg besteht aus drei Teilen. Zweieinhalb Stunden vor Weltuntergang beginnt erst der erste Teil: »Wie Hitler mit der Klimakatastrophe den Krieg gewonnen hätte.« Mit Interviews von original Zeitzeugen wird ein bislang unbekanntes Kapitel Adolf Hitlers aufgedeckt. Als erster spricht in die Kamera: Der angeheiratete Onkel der Schwiegertochter vom Ur-Neffen von Wernher von Braun. Man ist also wieder ganz nah dran. Er sagt:

»In Penemünde haben wir bereits an der Klimakatastrophe gearbeitet. Hitler wollte damit den russischen Winter austricksen.«

Südtirol, 4-Sterne-Hotel.

Die alte Hotelbesitzerin hat sich umgezogen. Sie trägt ein uraltes Trachtenkleid, zerfleddert, von Motten zerfressen. Behängt mit glitzerndem Silbertand. In historischen Zeiten als wertvoll denkbar.

»Liebe Gäste, es ist 17:24 Uhr. Gleich ist Weltuntergang, das hamma nicht jedes Jahr. Wie schön, dass wir beinander seind, gell. Der Anderl verteilt grad die Prosecco. Den kriegens heute vom Haus«

(Applaus der Gäste),

»als Präsent für 1 Euro. Mein Anderl kassiert gleich ein.«

Sudan. El-Qaida Afrika

Einer der vielen extremistischen Anführer einer el-Qaida-Splittergruppe im Sudan sendet ein Droh-Video an die europäischen Medien. Umringt von vermummten Waffenträgern spricht der selbsternannte Islam-Gelehrte in die Kamera:

»Wir haben gehört, dass in Europa Apfelbäume gepflanzt werden. Euer Imam Luther hat damit etwas gesagt, was lange vor ihm Mohammad gesagt hat. Höre, was Mohammad spricht:

›*Falls die letzte Stunde angebrochen ist, während jemand einen Palmensamen in der Hand hält, die er einpflanzen könnte. Bevor die Stunde schlägt, soll er sie einpflanzen.*‹

Ihr benutzt des Propheten Mohammads Wort und verzaubert für Eure verderbte Religion die Palme in einen Apfelbaum. Allah sei Euch gnädig. Wir sind es nicht. El-Qaida im Sudan informiert Euch darüber, dass Ihr Euch, da Eure letzte Stunde angebrochen ist, freikaufen könnt: Erstens, vierhundert Gigabyte kostenlos auf meine Handy. Zweitens, 3.000 Wagner-Pizza gefroren, Salami. Und drittens, mindestens fünf Kopfhörer, ohne Kabel, mit Bluetooth. Wenn Ihr das nicht sendet, seid Ihr des Teufels und werdet verbrennen in der Hölle.«

Brüssel. Der Europa-Friedenschor singt die Hymne

Der europäische Friedenschor ist der größte Chor der Welt, mit 8.543 Sängerinnen und Sängern. Sie singen zum erwarteten Weltuntergang die Europa-Hymne: Beethovens Vertonung von Friedrich Schillers *Ode an die Freude:*

»Wem der große Wurf gelungen,
Eines Freundes Freund zu sein,
Wer ein holdes Weib errungen,
Mische seinen Jubel ein!
Ja – wer auch nur eine Seele
Sein nennt auf dem Erdenrund!
Und wers nie gekonnt, der stehle
Weinend sich aus diesem Bund!
Was den großen Ring bewohnet,
Huldige der Sympathie ...«

DAS ENDE DER WELT – 17:25 UHR

17:25 Uhr

Es ist weltweit noch nichts passiert.
Ein gespenstisches Schweigen legt sich über die Erde.
In Thailand ist es tatsächlich bereits 1:25 Uhr am nächsten Tag.

Flugzeug »ECHO 18«

Die Gang von Kollegah und Farid Bang flippt aus. Die tolle Idee, mit einem Flugzeug dem Weltuntergang zu entgehen, hat scheinbar geklappt. Wie schlau. Fette Mucke wird eingespielt. Die große Weltverarsche startet!
Kollegah und die Gang singen und grölen:

Ihr seid tot, tot, tot, tot, tot, tot.
Ich lebe und mache Party, Du Idiot.
Jetzt wisst Ihr, wie wir ticken,
wir können auch die Erde ficken.

17:26 Uhr
In den Hauptstädten

Vereinzelte, zaghafte Jubelrufe. Kein Untergang.
Schlagzeilen mit *breaking news* laufen auf allen Plätzen.
»21 Millionen Selbstmorde weltweit.«
»Türkei klagt über hohe Einbruchszahlen.«
»Stephen Hawkings Leiche aufgefunden.«
Nächste Zeile:
»Stephen Hawking lebend aufgefunden.«

17:26 Uhr
Boston. USA

Donald Trump twittert aus seinem Versteck: »Hi bitches. I'll not follow you. People, any news about me are NO fake news. I am back again. Sorry CNN, ABC, NBC. I am here, this is the reason why earth did not collapse.«

17:26 Uhr
Schauspieler nimmt Suizid zurück

Der deutsche Schauspieler Ben Becker nimmt seine Selbstmord-Ankündigung von heute Nachmittag zurück:

»Hab ich mir gleich gedacht. Nix Weltuntergang um 17:25. Scheiß Blabla. Ich mach morgen ne neue Lesung. Die BIBEL hab ich schon gelesen. Jetzt lese ich den Sex-Katalog. Leben, Spaß haben, capito! Titel: ›*Orion machts Betterl worm*‹, oder so ähnlich. Jeder der da unten noch was spürt, soll kommen.«

17:27 Uhr
Berlin. Kanzleramt

Es gibt bisher keine Verlautbarung der Bundesregierung. Immer mehr Journalisten strömen dennoch zusammen. Die Kanzlerin schweigt.

17:27 Uhr.
Aschaffenburg. 2. Stock irgendwo

Der schwergewichtige Stefan Glonig sieht auf seine Uhr und hievt sich umständlich hoch. Er sieht zum Fenster hinaus, kein Lieferwagen ist in Sicht. Sein ganzes Leben lang hat er darauf gewartet, *Yesterday and Today* von den Beatles in seine Plattensammlung einzureihen. Jetzt hat er sie ersteigert und wartet auf das Paket.
Er zieht seine Hausschuhe an und geht aus der Wohnung. Auf dem Tisch liegt die aktuelle Ausgabe des FOCUS mit dem Titel: »Dicke haben bessere Überlebenschancen«. Er ist so aufgeregt, dass er vor dem Haus auf den Lieferanten warten will.
Ganz leise spricht er vor sich hin:
»Meine LP kommt. Meine LP kommt.«

17:27 Uhr

Immer noch ist nichts passiert.

17:28 Uhr
Heute Journal Extra

»Wir haben derzeit keine Nachrichten darüber, dass irgendwo auf der Welt etwas Außergewöhnliches passiert ist. Aber ist das schon ein Zeichen für Entspannung? Auf jeden Fall ist die Zeit um drei Minuten überschritten. Im Hintergrund sehen wir die Atomuhr. Auch die zeigt uns keine andere Uhrzeit.«

17:29 Uhr
Was machen die Elefanten?

Der Weltuntergang ist bereits seit vier Minuten überfällig. Dr. Gazelle steht noch immer in sicherem Abstand zu der Elefantengruppe in der Savanne. Sie nimmt ihren Tropenhelm ab und spricht mit Tränen in den Augen:

»Es ist sehr ergreifend, was da passiert. Der Elefantenbulle hat exakt um 17:28 zum ersten Mal seit Stunden seinen Kopf gesenkt und angefangen zu fressen. Sie sehen hinter mir die ganze Gruppe, die inzwischen wieder völlig ruhig ist. Alle fressen.«

Ihr schießen die Tränen in die Augen.

»Bitte entschuldigen Sie, aber das ist wahnsinnig emotional. Die Tiere wissen anscheinend: Nichts ist zu Ende. Es geht weiter. Es geht weiter.«

Sie wendet sich weinend ab und geht langsam in die Richtung der Elefanten. Durch ein Versehen wird sie zu lange dabei gefilmt. Der Zuschauer sieht in den letzten Sekunden der Aufnahme, wie Dr. Gazelle gegen eine Wand stößt. Offenbar stand sie für ihre Moderation nicht in der Savanne vor den Elefanten, sondern nur vor einer Leinwand im Pariser Studio, auf die das Bild projiziert wurde.

17:30 Uhr

Eine Frau geht in München-Haidhausen durch den einsetzenden Regen. An jedem Laternenpfosten kramt sie ein Zettelchen aus ihren Taschen und klebt es mit Tesaband an.
Der Text darauf:

„Suche 2 Bongotrommeln für umsonst.
Will Trommeln lernen. Wohnung dazu wäre gut.
Sauber und bezahlbar. Darüber würde ich mich sehr freuen."

Sie geht weiter.

17:31

Es gibt keine Nachrichten mehr von der Welt, wie wir sie jemals gekannt haben.

17:32

Jetzt endgültig aus.

Aus

Das gibt's noch von Christian Springer

Der kleine Verlag cs.wort aus München verlegt Christian Springers Bücher, CDs und DVDs. Sie sind im Handel erhältlich oder direkt unter **bestellung.cswort@gmail.com**

Landesvater, cool down
Der legendäre Brief an Horst Seehofer zur Flüchtlingskrise (2015). Ist ausverkauft. Aber kostenlos zum Lesen und Ausdrucken unter www.christian-springer.de

Wir müssen Freiheit aushalten
Die auf ARDalpha mehrfach ausgestrahlte Kanzelrede von 2017. Von Moses bis zu Benjamin Franklin, vom Marlboro Man bis zum Iran und der Bayernhymne. 60 Seiten.
8,00 €

Die Antwort auf Söders Kreuz ... ist 240 Jahre alt
Eine Satire auf Markus Söders Kreuzerlass, sein Start in den Wahlkampf 2018. Vorwort von Pfarrer Rainer Schießler.
12,80 €

Trotzdem
Das Kabarett-Programm mit der »Geschichte unserer Nationalhymne« und dem »Eierwurf auf Strauß« auf DVD und Audio-CD im Doppelpack (nur über cs.wort bestellbar).
10,00 €

Vorschau

Der unglückliche Prinz und sein Ende.
Ein Märchen für böse Kinder und Erwachsene.
Mit Illustrationen von Frank Schmolke.
Erscheinungsdatum: Frühjahr 2020.